中公文庫

うぽっぽ同心十手裁き

狩り蜂

坂岡　真

中央公論新社

目次

うぽっぽ同心十手裁き　狩り蜂

狩《か》り蜂《ばち》

一

文化六年、神無月立冬。

秋祭りを過ぎると虫の音は絶え、木の葉が色付きはじめると肌寒さは一日ごとに増していく。

朝霧のたちこめる小石川御簞笥町《おたんすちょう》の一隅に、石地蔵を祀《まつ》った小さな祠《ほこら》があった。

赤い前垂れを掛けた地蔵の頭を、丸髷《まるまげ》の女が愛《いと》おしげに撫《な》でている。

その様子があまりに哀れで、長尾勘兵衛《ながおかんべえ》はおもわず足を止めた。

愁いのある横顔から推すと、齢《よわい》は三十路を少し過ぎたあたりか。

濃い紫地の中着に鰹縞《かつおじま》の小袖、首筋には薄く白粉《おしろい》を塗っている。

粋筋《いきすじ》の女かもしれないと、勘兵衛はおもった。

座敷の華でいられる齢《とし》は過ぎ、客にちやほやされることもなくなった。若い時分に道ならぬ恋に燃え、孕《はら》んだあげくに水にした子をおもいだし、祥月命日には水子供養をしているのだろう。などと、勝手にはなしをつくりながら、勘兵衛は寒そうに襟《えり》を寄せ、小太りのからだを近づけていく。

女は薄紅色の山茶花《さざんか》を手向け、餡《あん》ころ餅をふたつ捧げるや、突如、覆いかぶさるように地蔵を抱きしめた。

「う……うう」

ひと目も憚《はばか》らず、嗚咽《おえつ》を漏らす。

勘兵衛も我慢できずに、洟《はな》を啜《すす》りあげた。

女は地蔵を抱いたまま、涙目で振りかえる。

「おっと、驚かしてすまねえ」

勘兵衛は慌てて、背帯から十手を引きぬいた。

「みてのとおり、怪しい者じゃねえ。しょぼくれた臨時廻りだ」

女は袂《たもと》で涙を拭き、襟を整えてお辞儀をする。

しっとりした物腰の艶《つや》めいた女だ。

「音羽の鼠坂《ねずみざか》で刃傷沙汰《にんじょうざた》があってな。へへ、足を運んだら何のことはねえ、駕籠《かご》担ぎの亭主と女房の痴話喧嘩さ。ふん、犬も食わねえってやつよ」

われながらよく喋《しゃべ》るなとおもいつつ、勘兵衛は涼しげな眸子《まなこ》を細めた。

「おめえ、名は」

「くらと申します」

「おくらか。この辺りじゃ見掛けねえ顔だな」

「お役人さまは、この辺りにお詳しいのですか」

「町奉行所で線を引いた朱引《しゅびき》の内なら、鼠の逃げこむ巣穴まで知っているぜ」

福々しい頰を膨《ふく》らませ、勘兵衛は「ふぉふぉ」と恵比須のように笑う。

おくらが問うてきた。

「小石川にはそのむかし、切支丹《キリシタン》屋敷があったそうですね」

「目と鼻のさきだ。石のお釈迦さんを奉じる徳雲寺と藤で有名な伝明寺のあいだを抜ければ、切支丹屋敷のあった辺りへたどりつく。でもな、吉宗公の御代に一帯は焼け野原になっちまった。今は小役人どもの屋敷が建っているだけさ」

無論、今も切支丹の布教は禁じられているものの、江戸幕府開闢《かいびゃく》のころのような厳しい宗門改めの慣習は廃《すた》れた。踏み絵や火焙《ひあぶ》りは遠いむかしの出来事にすぎず、若い役人のなかには切支丹が聖母像を拝むことを知らない者もいる。

「でもな、土地の年寄りに聞くと、名残はまだあるらしいぜ。むかしはお縄になった盗人《ぬすっと》の多くが世を儚《はかな》み、牢屋のなかで切支丹に宗旨替えした。そいつらに責め苦を与える地下牢や水牢が、小石川の随所につくられたんだとよ」

「そうなんですか」

「おめえ、まさか、切支丹じゃあるめえな」

「とんでもありません。ただ、小石川には伝通院《でんづういん》と施薬院《せやくいん》と切支丹屋敷の跡があるって聞いたものですから」

「そのとおりだ。何やら、田舎者を案内するもさ引きの気分だぜ。ひょっとして、江戸は不案内かい」

「半月前まで、板橋の宿場におりました。御府内には出てきたばかりで、右も左もわかりません」

「板橋宿にいたのか」

宿場女郎だったのかもしれない。

「生まれは」

「越後《えちご》です」

「どうりで、肌が雪みてえに白《しれ》えな。越後の女は芯が強《つえ》え。おめえもいろいろあったすえに流れてきた口か。それで、稼ぎのあてはあんのかい」

「はい。どうにか」

「どうにかって」

「日本橋浮世小路の松風亭《まつかぜてい》で厄介になっております」

「そうかい。松風亭か」

大名家の留守居役なども接待で使う料亭だ。

名は知っているが、高級すぎて馴染《なじ》みはない。

膳ごしらえの下女奉公でもしているのだろうか。

それにしては、身なりがきちんとしすぎている。

「ま、困ったことがあったら、おれを頼ってくれ」

「ありがとう存じます」

「ふむ」

勘兵衛は微笑仏《みしょうぶつ》のように頷《うなず》き、ずんぐりした指で眉間《みけん》のまんなかを撫でる。

「ほら、ここに黒子《ほくろ》があんだろう。地紋《じもん》と言ってな、お釈迦さんの眉間にある白毫《びゃくごう》と同じものらしい。撫で仏のように撫でれば、悩み事は嘘のように吹きとぶと、辻占《つじうら》の婆さんに教えられた。悩み事があったら、こいつを触りにくるがいいぜ。ふぉふぉ」

撫で肩を揺すって笑い、くるっと背中を向ける。

「あ、あの」

おくらに困った顔で呼びとめられた。

「お役人さまのお名前を、お聞かせ願えませんか」

「おっと、肝心なことを忘れるところだ。近頃は物忘れがひどくてな。おれは南町奉行所の長尾勘兵衛。還暦まであと三年、臨時廻りのなかでも老《お》い耄《ぼ》れの筆頭になっちまった。自慢じゃねえが、三十六年も廻り方を勤め、ただのいちども手柄をあげた例《ため》しがねえ。朝から晩まで江戸じゅうをほっつき歩くしか能のねえ男でな、付いた綽名《あだな》がうぽっぽさ」

「うぽっぽの旦那」

おくらは小首をかしげ、聞かされた綽名を繰りかえす。

「能天気なお人好しのことだ。ほら、みてみな。そこいらの店先に、しょぼくれた爺や婆が置物みてえに座ってんだろう。誰でもいいから尋ねてみな。てえげえの者は、うぽっぽを知っている。どこに行けば会えるかも教えてくれるはずさ」

「かしこまりました。お声を掛けていただき、ありがとう存じます」

「いいってことよ。気になったら声を掛けてまわるのが廻り方の役目さ。じゃあな、あばよ」

颯爽《さっそう》と身をひるがえした途端、石に躓《つまず》いてずっこける。

振りかえれば、おくらが口を押さえて笑っていた。

「へへ、笑ってやがる」

浮かれた気分で手を振り、後ろ髪を引かれるおもいで歩きだす。

もちろん、勘兵衛に下心はない。酸《す》いも甘いも嚙《か》みわけてきた身に、惚《ほ》れた腫《は》れたの感情が容易《たやす》くわいてくるはずもなかった。

八丁堀の自宅では、妻女の静《しず》が待っている。後輩の定廻りにくれてやった娘の綾乃《あやの》と、ふたつになった初孫の綾《あや》もいる。今さら、別の誰かに恋心を抱こうとか、ましてや、いっしょになろうなどとは毛ほどもおもわない。

ただ、案じられてならなかった。

石地蔵を抱きながら嗚咽を漏らす女に、心を動かさないほうがおかしい。

困っていることがあれば、親身になって助けてやりたい。

それが偽らざる心情だった。

「世知辛え世の中さ」

地方で食い扶持を失った連中はみな、江戸をめざして流れこんでくる。だが、人で溢《あふ》れた江戸に出てきても、稼ぎ口が転がっているわけではない。むしろ、地震や火事や鉄砲水といった天災が重なり、食えない連中がそこかしこに蠢《うごめ》いている。

寺社境内にお救い小屋まで建つなか、ある者たちは暴徒と化して商家の蔵を襲い、別の連中は盗品や闇米売買などの片棒を担ぎ、あるいは、辻強盗や人斬りといった外道に堕《お》ちる輩《やから》も少なくない。

表向きは平穏を保っているようにみえても、裏にまわれば深い闇が口を開けている。

そうした江戸で女がひとり生きていくのは、並大抵のことではなかった。

勘兵衛は四ツ辻の手前で足を止め、もういちど地蔵の祠を振りかえった。

「消えちまったか」

おくらはすでにおらず、端の破れた赤い前垂れが風にひらひら靡《なび》いていた。

二

数日後、夕刻。

勘兵衛は市中の見廻りを済ませ、八丁堀へ戻ってきた。

提灯掛け横町から地蔵橋《じぞうばし》へ向かう川端にも、愛らしい石地蔵を祀る祠がある。

いつもは素通りするところだが、何気なく目をやると、女がこちらに背をむけて熱心に拝んでいた。

「あっ、静」

どきりとして、勘兵衛は首を縮めた。

声を掛けそびれ、ことばを呑みこむ。

胸に不安が過《よ》ぎった。

何か、おもいだしてしまったのだろうか。

今から三十年近くまえ、勘兵衛は静という水茶屋の看板娘にひと目惚れした。恋を実らせて所帯をもち、翌年には娘の綾乃を授かり、何もかもが順調に進んでいるとおもっていたやさき、静は夫の自分と赤子を残して忽然《こつぜん》とすがたを消した。

――すみません。綾乃をお願いします。

書き置きを一枚残し、どこかへ消えてしまったのだ。

失踪の理由は、わからない。いつか戻ってくるものと信じて待ちつづけ、気づいてみれば、永遠ともおもえるほどの歳月が流れていた。

綾乃は母の顔を知らずに成人し、店子《たなこ》で金瘡医《きんそうい》の井上仁徳《いのうえにんとく》に医術を学びながら、妻の替わりを健気《けなげ》につとめてくれた。強情な娘は一生嫁がず家に残ると言いはったが、どうにか説きふせ、定廻りを勤める末吉鯉四郎《すえよしこいしろう》のもとへ輿入《こしい》れさせた。

ようやく肩の荷も下りたはずなのに、綾乃を嫁がせた日から、勘兵衛は縁側にひとりぽつんと座り、溜息《ためいき》ばかり吐《つ》くようになった。

淋しくて何をやっても身が入らず、隠居も考えたある日、予期せぬことが起こった。

失踪していた静が庭へ通じる簀戸《すど》をくぐり、昨日出ていった者のような顔で帰ってきたのだ。けっして、夢ではなかった。勘兵衛は感極まったが、肝心の静はむかしの記憶を失い、どうやって八丁堀まで戻ってきたのかさえ、はっきりとこたえられなかった。

それから二年半におよぶ歳月を、ともにつつがなく過ごしてきた。

待望の初孫が生まれたのは昨冬、江戸に初雪が降った霜月二十五日のことだ。

娘の名から一字をとって「綾」と名付けられた赤子は、よちよち歩きをするようになった。勘兵衛にとっては、かけがえのない宝物だ。これまでは家族や夫婦の幸福と縁遠かっただけに、今の幸福がありがたいものに感じられてならない。

初孫を授かってから、静にも変化の兆しがあらわれた。

日を追うごとに、元気を取り戻していく。それが手に取るようにわかるのだ。

それでいい。なにも、急ぐ必要はない。ゆっくりと回復してくれれば、それに越したことはない。

勘兵衛は、小さな命に感謝した。

このままずっと変わらずに、夫婦仲良く暮らしていけたらと、胸の裡《うち》ではいつも両手を合わせている。

だが、一方では、拭いさることのできない不安を感じていた。

記憶を取りもどした途端、静はまた遠くへ行ってしまうのではあるまいか。

地蔵を熱心に拝むすがたは、何かよくないことの前兆におもわれてならない。

勘兵衛は辻陰に隠れ、しばらくのあいだ様子を窺《うかが》った。

「なぜだ」

なぜ、地蔵を拝む。

苦しそうにつぶやき、右手甲のいれぼくろを撫でた。

いっしょになろうと誓いあったころ、ふたりで手を繫《つな》ぎ、土手を散策したことがあった。そのとき、静の左手の拇指《おやゆび》が触れたところに、気づかれぬように墨を刺した。点のようないれぼくろは、今では薄くなってしまったが、永遠に消えさることのない恋情《おもい》を刻んだものにほかならない。

勘兵衛は辻陰から離れ、別の道をたどって家へ向かった。

地蔵橋のそばには、枝いっぱいに赤い実の房を付けた南天桐が佇《たたず》んでいる。

川柳にも「恐ろしい鬼の近所に地蔵橋」などと詠《うた》われるところに、百坪足らずの同心屋敷はあった。

金瘡医の看板が掲げられた表店には、四六時中、血だらけの怪我人が担ぎこまれてくる。酔いどれ医者の仁徳は還暦を疾《と》うに超えた独り者で、勘兵衛が長尾家の養子として貰われてきた以前から住みついていた。

無遠慮で口の悪さは天下一品だが、根は優しい人間で、貧乏人からは治療代を取ろうともしない。しかも、所見の正確さには定評があり、三十数年来、斬殺死体などの検屍に関わってきた。南北町奉行所のお偉方に知りあいも多く、不浄役人などは屁《へ》ともおもっていない。

平屋を囲う満天星《どうだん》の垣根が、夕陽を浴びて燃えている。

玄関の敷居をまたぐと、出迎えてくれる者があった。

「父上、お戻りなされませ」

「おう、来ておったのか」

近所に住む綾乃が、ころころ肥った綾を抱えていた。

「ふふ、こいつめ。どれ、爺が抱いてやろう」

勘兵衛は目尻をさげ、綾を高々と抱きあげる。

「父上、お刀をお預けください」

「お、そうであったな。ふふ、綾はまた重くなったぞ」

「一昨日も、そう仰《おっしゃ》いました」

「おほ、そうか」

「母上は、どちらかへお出掛けですか」

「ん、ああ」

父のわずかな動揺を、勘の良い娘は見逃さない。

「よいではありませんか。母上は毎日、家に籠もっておられます。たまには外の空気も吸っていただかないと」

「そのとおりだ」

「ご心配ですか」

「いいや」

「それなら、けっこうです。夕餉《ゆうげ》の仕度でもいたしましょう」

綾乃は立ちあがり、綾を連れて奥へ引っこむ。

勘兵衛は着替えを済ませると、母親から孫を奪って縁側で遊びはじめた。

いつもはこの場に静もいて、和《なご》やかに会話も弾むのだが、今日は一抹の淋しさを禁じ得ない。

我に返ると、綾が廊下の端から地べたへ落ちかけていた。

「うわっ、止まれ」

勘兵衛は駆けより、綾を後ろから抱きあげた。

と、そこへ。

垣根の簀戸を抜け、人影がひとつあらわれた。

「静か」

いや、ちがう。

岡っ引きの銀次《ぎんじ》が、渋い顔でやってきた。

芝居町や魚河岸界隈を縄張りにする熟練の十手持ちで、嚙みついた獲物の尻尾はすっぽんのように放さない。

「なあんだ、おめえか」

「いくら見飽きた顔だからって、おめえかはねえでしょう。急ぎの使いでやす」

「何があった」

「浮世小路の料亭で、ほとけが出やした。検屍を仰せつかった仁徳先生が、至急、旦那を呼んでこいと」

「どうして」

「さあ」

「鯉四郎はどこにいる」

「今ごろは両国広小路辺りで、巾着切《きんちゃっきり》でも追いかけておられやしょう」

銀次は適当に応じて綾に目を留め、腰を屈《かが》めて近づくと、指でほっぺたを突っつく。

「へへ、可愛いなあ。林檎《りんご》みてえなほっぺだ」

「汚ねえ手で触るな」

勘兵衛は奥へ引っこみ、ふたたび三筋格子の着物に袖を通す。

色褪《いろあ》せた黒羽織を纏《まと》うと、綾乃が奥から顔を出した。

「父上、急ぎの御用ですか」

「ああ、そうらしい。静が帰《け》えったら、三人で夕餉を済ませといてくれ」

「かしこまりました」

こうしたことには慣れているので、綾乃の応対はしっかりしたものだ。

勘兵衛は背帯に銀流しの十手を差し、孫をかまう銀次に向きなおる。

「ところで、ほとけってな誰だ」

「それが、亭主らしいんで」

「ふうん、料亭の名は」

「松風亭」

と聞いた途端、勘兵衛の胸にさざ波が立った。

三

――煮しめ、総菜はいらんか。

露地の向こうから、振売りの売り声が聞こえてきた。

魚河岸のつづく伊勢町の堀留から日本橋の本町通りへ抜ける途中に、食べ物店が軒を並べる浮世小路はある。

食べ物店といっても、安価な店ではない。

浮世離れした連中が夜な夜な芸者をあげて鯨飲し、金を湯水のごとく使って浮世の憂さを晴らす。そうした金持ち相手の店のひとつが『松風亭』であった。

薄給取りの勘兵衛も銀次も、敷居をまたぐのは初めてだ。

泣き腫らした目の奉公人たちが店内を右往左往するなか、白髪の仁徳が土間の片隅で手招きをしている。

「うぽっぽ、こっちじゃ」

「あ、どうも」

「役人どもはみんな、手ぶらで帰りおった。わしの忠告も聞かずにな。ふん、西条藩《さいじょう》の連中に鼻薬を効かされおったのだわ」

「待ってください。西条藩ってのは何です」

「今宵の客さ。宮田《みやた》某と抜かす元留守居役の祝い事があった。傘寿《さんじゅ》の祝いよ」

「傘寿ですか」

「そうじゃ。齢八十の爺さんを盛大に祝う宴の席で、接待役の亭主がおっ死《ち》んだ。猿楽の能を座興代わりに披露しているさなか、いきなり倒れたそうじゃ」

心ノ臓が凍ったのだと、咄嗟《とっさ》に誰もがおもった。

ところが、そばに居た客の何人かは、本人がいまわに口走った「殺《や》られた」という台詞《せりふ》を聞いていた。そこで急遽《きゅうきょ》、町奉行所の役人が呼ばれたのだ。ついでに、大番屋で茶を呑んでいた仁徳も検屍役で随行させられた。

「ほとけをひと目みて、殺しだとおもうたわ。どっこい、いくら調べても金瘡《きず》はねえ。さては毒を盛られたかと勘ぐったが、口のなかにそれらしき痕《あと》もねえ。もういちどじっくり調べてみると、盆《ぼん》の窪《くぼ》に小せえ穴をみつけた。素人《しろうと》にゃわかるめえ。針で刺したような穴でな、一見しても刺し傷とは判じ難えほどのものさ」

仁徳は低声《こごえ》で囁《ささや》き、勘兵衛を奥の仏間へ誘った。

「役人どもにも傷をみせ、殺しだと教えてやった。ところが、やつらは首を横に振りやがった。虫にでも刺された痕にちげえねえと、そう言いやがったのさ。ふん、殺しとなりゃ事が大きくなる。傘寿の元留守居役に火の粉が降りかかるかもしれねえってんで、ここはひとつ穏便に済ませようと相談がまとまった。心ノ臓が凍ってひっくり返り、自分で勝手におっ死んだってことにされた。西条藩の連中も、町奉行所の役人たちも、それでしゃんしゃん、手打ちになったというわけだ。ふん、くそったれどもめ」

仁徳はこのまま引きさがるのも口惜《くちお》しいので、勘兵衛を呼びつけた。

石地蔵に抱きついた女から『松風亭』の名を聞いていなければ、迷惑がっていたところだろう。

「ま、とりあえず、ほとけの顔を拝みにいこう」

「はあ」

銀次もいれて三人で、線香の立ちのぼる仏間を窺う。

仰向けに寝かされたほとけの顔には、白い布がかぶせてあった。

褥《しとね》のかたわらには、十七、八の娘と気の弱そうな優男が座っている。

仁徳は遠慮会釈もなく踏みこみ、ふたりに向かって顎《あご》をしゃくった。

「ほとけの一人娘と、娘婿じゃ。おぬしら、名は何というたかな」

「りきと清太郎《せいたろう》です」

娘のほうが怒ったように応じ、充血した眸子を伏せる。

勘兵衛は挨拶《あいさつ》もそこそこに線香をあげ、褥のそばに躙《にじ》りよった。

「ちょいと失礼」

ほとけの顔から白い布を取り、短く経をあげて拝むと、ほとけのからだをごろんと横に転がした。

「な、何をなされます」

おりきは驚き、膝立ちになる。

勘兵衛はかまわず、盆の窪を調べた。

「なるほど。斑点のような傷だが、古いもんじゃねえな」

「だろう」

仁徳が隣から覗《のぞ》きこんでくる。

銀次もつづき、おりきと清太郎も覗いた。

「その傷が、どうかしたのですか」

おりきに糾《ただ》されても、勘兵衛は眉ひとつ動かさず、ほとけをもとに戻す。

「いいや、何でもねえ。これが殺しなら、おめえさんたちも困るだろうからな」

「どうしてです。どうして、殺しなら困ると」

「店の評判とか、世間体とか、そういったことさ」

「そんなこと、かまやしません」

「ん、何がかまわねえって」

「おとっつあんは、いまわに『殺られた』と口走ったそうです。殺しだとすれば、下手人の目星はついております」

おりきの口から予想だにしない台詞が飛びだしたので、勘兵衛と仁徳は顔を見合わせた。

「お嬢さんよ、ほとけのめえで滅多なことを言うもんじゃねえ」

「お役人さま、お聞きください。おとっつあんを殺《あや》めたのは、あの女です」

「あの女」

「はい。半月前にいきなりあらわれ、松風亭力右衛門《りきえもん》の後添えに迎えられた女です」

おりきは憎々しげに吐き、血が滲《にじ》むほど唇を嚙みしめた。

隣の清太郎はひとことも喋らず、ただ頷いている。女房の尻に敷かれた気弱な婿さんなのだ。

「つまり、後添えになったばかりの女が身代目当てに亭主を殺めたと、おめえはそう言いてえのか」

「それ以外には考えられません。だいいち、おとっつあん、心ノ臓なんてちっともわるくなかった。それに、自分が死んだら身代の半分はあの女にくれてやるよう、遺言をしたためていたんです」

「なに、遺言を」

「はい。わたしたち夫婦と与平《よへい》の面前で書いたのです」

「与平ってのは」

「番頭です。わたしは、おとっつあんが気狂いしたのかとおもいました。どこの馬の骨ともつかない女狐に、誑《たぶら》かされたとしかおもえません」

「そうかい。なら、その女狐とやらをここに呼んでもらおうか」

「仏間へ入れたくはありません。仏壇には、若い時分に流行病《はやりやまい》で逝《い》ったおっかさんがおりますので」

おりきは口をきつく結び、頑として受けつけない。

「なら、どこに行ったら会える」

おりきの隣で、娘婿が口をもごつかせた。

「今さっき、勝手口で見掛けました。奉公人どもに通夜の指図を」

「指図だって、こんちくしょう。あの出しゃばり女め」

悪態を吐くおりきをなだめ、勘兵衛はひとり部屋を出た。

勝手口へまわってみると、たしかに、襷掛《たすきが》け姿で気丈に差配している内儀の後ろ姿がある。

勘兵衛は邪魔にならぬよう、そっと身を寄せた。

「ちょいとすまねえ、野暮用だ」

「はい、何でしょう」

振りむいた女の顔をみて、勘兵衛は腰を抜かしかけた。

「お、おめえは」

「松風亭の女将《おかみ》、くらでございます」

小石川御箪笥町の一隅で、石地蔵を抱きしめていた女にまちがいない。

おくらは小首をかしげ、じっと勘兵衛をみつめた。

「お役人さま、どうかなされましたか」

「おめえ、おれをおぼえてねえのか」

「失礼ですが、いっこうに」

慇懃《いんぎん》な態度で突きはなされ、勘兵衛は冷静になった。

まさか、別人ではあるまい。

肌の白さといい、くっきりした目鼻立ちといい、おくらにまちがいなかった。

「おめえ、半月前まで板橋宿にいたよな」

鋭く突っこむと、おくらは目を丸くする。

「どうして、それを」

「おめえの口から聞いたのさ。おれは臨時廻りの長尾勘兵衛だ。うぽっぽという綽名なら、よもや忘れちゃいめえ」

「うぽっぽの旦那」

おくらの瞳に動揺の色が浮かんだのを、勘兵衛は見逃さなかった。

四

あの顔、どこかでみたことがある。

ほとけになった力右衛門の顔をおもいだすたびに、勘兵衛は首を捻《ひね》った。

「おもいだせねえ」

熱い湯船からあがったばかりで、だらだら汗を掻《か》きながら団扇《うちわ》を扇《あお》いでいる。

ここは照降町《てりふり》と芝居町を結ぶ親父橋のそば、岡っ引きの銀次が女房のおしまにやらせている福之湯《ふくのゆ》の二階だ。

銭湯の一番風呂にはいるのは八丁堀同心の特権だが、福之湯の女湯にも勘兵衛専用の刀掛けが置いてある。

目こぼし料や袖の下は拒んでも、一番風呂だけは拒めない。

朝風呂が三度の飯より好きな勘兵衛にとって、福之湯はなくてはならないところだった。

将棋盤や貸本などの置かれた二階の板間では、銀次が真っ裸で猿楽の能らしきものを舞っている。しかも、舞いながら朗々と唸《うな》りだしたものだから、ほかの客は気味悪がって一階へ逃げていった。

「恋草の、露もおもひも乱れつつ、露もおもひも乱れつつ、心狂気に馴れ衣の、巳《み》の日の、祓《はら》ひや木綿四手《ゆうしで》の、神の助けも波の上あはれに消えし憂き身なり……ってのが『松風』に出てくる謡にごぜえやす。簡単に言っちまうと、在原行平《ありわらのゆきひら》っていう偉えおひとを恋慕する女ふたりの霊が成仏できず、摂津国は須磨《すま》の浦の海女《あま》に化けて旅の坊主に回向《えこう》を頼むといったはなしでやすが、この『松風』の一節を舞っている最中に、力右衛門は死んじまったそうで」

「ふうん。銀次よ、謡も振りもよくおぼえたな」

「へへ、昔取った杵柄《きねづか》ってやつで」

「まさか、猿楽の能を習っていたのか」

「三十年もむかしのはなしでやすよ」

銀次は恥じらうように笑い、手拭いでからだの汗を拭いた。

「『松風』ってのは世阿弥の名作でやしてね、舞台ではふたりの海女乙女が舞いを披露しやす。海女の名は松風と、もうひとりは村雨《むらさめ》と言いやしてね、このふたりが行平さんに恋慕して舞ううちに、おもいが高まって物狂いみてえな激しい舞いになる。そいつが見所なんでやすがね、どうやら、力右衛門はひとりでそいつを舞ったらしい。店の屋号にするくれえだから、よほど気に入った曲だったにちげえねえ」

「なるほど、屋号は世阿弥の曲からとったのか」

「へい。ところが、力右衛門は『松風』を舞うとき、いつも自分でつくった妙な謡を挟むそうなんで」

「ほう、それは」

「峰を求めて幾千里、長者ヶ池を渡りてのちは清水の舞台から飛びおりよ。訪ねあてたるその峰は、大安吉日菩提寺《ぼだいじ》に姫椿の咲くあたり……ってやつだそうで。どう捻っても、世阿弥の『松風』とは関わりありやせん」

力右衛門は妙な謡を唸り、開いた扇の左端を左肩にあて、右の方角をぐるりと見渡した。月扇《つきのおうぎ》という型をきめ、重々しく「大安吉日菩提寺に姫椿の咲くあたり」とやった途端、ばたりと顔から畳に落ちたという。

「舞っているあいだに、誰か近づいた者はいねえのか」

「おりやせん。舞うめえにちょいと席を外しやしたが、おおかた、厠《かわや》にでも行ったんでやしょう」

「そのとき、盆の窪を長え針みてえな得物で刺されたってのは、どう考えても無理があんな」

「舞いはじめてから倒れるまでも、けっこう間がありやした。こいつはどうも、仁徳先生の診立《みた》てちげえじゃねえかと」

「でもよ、銀次。おめえだって、あの刺し傷を目にしたはずだぜ。ありゃ、蚊に刺された傷じゃねえ」

「そりゃまあ、そうなんですがね」

考えこむ銀次に、勘兵衛は団扇で風を送った。

「力右衛門が殺られなきゃならねえ事情のほうはどうだ。誰かに恨まれていたってことはねえのかい」

「今んところ、そういったはなしはありやせん。奉公人たちからは慕われていたようですし、客の評判も上々だったみてえで」

「そうかい」

「娘のおりきが言ったとおり、力右衛門が死んで得をするのは、後添えになったおくらだけでやしょう」

「遺言状も本物だったしな」

「へい」

勘兵衛は傘寿の祝いが催された夜の経緯《いきさつ》を、もういっぺん頭に描いてみた。

「宴席には西条藩の連中とは別に、藩の御用商人がいたんだっけな」

「瀬戸屋磯兵衛《せとやいそべえ》っていう廻船問屋がおりやした」

伊予西条藩のみならず、国元の領地が瀬戸内に面した中国や四国の他藩とも取引のある大店らしい。

「磯兵衛はやたら用心深え男で、隣部屋に用心棒を控えさせておりやした」

「用心棒か」

姓名は迫水源八郎《さこみずげんぱちろう》、水鷗《すいおう》流の居合を使う播磨《はりま》出身の浪人だという。

瀬戸屋はとかく黒い噂のある人物らしく、いつも迫水のような用心棒をしたがえていた。

「黒い噂ってな、何だ」

「抜け荷でやすよ。御禁制の俵物を勝手に売りさばき、清国から高価な薬種を仕入れていた。薬種を大名筋に高値で流すと聞きやした。裏で糸を引いていたのが、西条藩の元留守居役だったんじゃねえかと」

「宮田万之丞《まんのじょう》か」

「へい」

「そいつは、おめえの考えかい」

「いいえ。抜け荷のからくりを教えてくれたな、松風亭の番頭でしてね」

力右衛門の遺言にも立ちあった与平のことだ。

「力右衛門とは三十年来の付きあいで、十年前に松風亭が開店してからこの方、自分ひとりが帳場を任されてきたと、自慢しておりやした」

番頭の与平によれば、奥座敷はさまざまな藩の留守居役が密談に使うところで、宮田と瀬戸屋の会合も何度かおこなわれていた。隠密裡に語られたはずの内容が、番頭の耳に漏れ聞こえていたのだ。

「抜け荷か」

「番頭はそいつを知っていた。亭主の力右衛門も知らねえはずはねえ。そいつを西条藩の連中に勘づかれ、口封じの狙いで殺められた……ってのは、じつは与平の描いた筋でやすがね、あながち、あり得ねえはなしでもねえ」

「番頭風情が描いたはなしを信じろってのか」

「確かめてみるだけの価値はありやしょう」

勘兵衛の決断は早い。

「よし、善は急げだ。瀬戸屋をあたってみよう」

「合点で」

ふたりはさっさと着替えを済ませ、湯上がりの火照《ほて》ったからだを寒風に晒《さら》した。

向かったさきは日本橋からぐるりと西へ一里半、毎年お盆になると長い竹竿のさきに灯籠《どうろう》が灯される青山百人町である。

青山大路を右に逸《そ》れた善光寺の手前には西条藩の上屋敷があり、御用商人の瀬戸屋は門前町の一角に堂々と店を構えていた。

「ごたいそうな店構えじゃねえか。なあ、銀次」

「へい。瀬戸屋は、芝浜にも蔵を持っておりやす」

「御禁制の品は、そっちに運びこまれるってわけか」

「さあ、どうでやしょうね」

ふたりは敷居をまたぎ、主人磯兵衛への取次を頼んだが、あいにく留守にしているとのことだった。中食《ちゅうじき》までには戻ってくるというので、半刻《とき》ばかり善光寺の境内をぶらぶらしながら待つことにした。

五

木漏れ日は射しているものの、冷たい風が木の葉をざわめかせている。

神々が江戸を留守にする神無月でもあるせいか、ほとけの坐す善光寺の境内も閑寂としたものだ。

「ちょいと厠へ」

と言いのこし、銀次が足早に離れていった。

参道の甃《いしだたみ》には参詣客の人影が伸び、境内に棲みついた雀たちが影踏みでもするかのように戯れている。

勘兵衛は参道を外れ、本堂の裏手へ廻った。

色の濃くなった紅葉《もみじ》や銀杏《いちょう》の葉を愛でようとおもったのだ。

朽ち葉の積もる足許はぬかるみ、おもった以上に歩きづらい。

踏みこんだことを後悔しかけたとき、唐突に殺気が襲ってきた。

「誰でえ」

振りむけば、ふた股に幹の分かれた樫の木陰から、うらぶれた風体の浪人者がのっそり顔をみせる。

物盗りか。

いや、十手持ちを狙う間抜けもおるまい。

浪人者は重厚な声で糾した。

「おぬし、瀬戸屋に何の用だ」

ぴんときた。

「瀬戸屋の用心棒か。名は、迫水源八郎とか抜かしたな」

浪人者は応じる素振りもみせず、ぬかるみに足を突っこんだ。

踝《くるぶし》まで埋まっても気にせず、ねちゃねちゃ泥を踏みながら近づいてくる。

「待ちやがれ」

相手の出方を窺うべく、勘兵衛は鎌を掛けてみた。

「おれを斬ったら、てめえらの悪事は露見するぜ。飼い主の瀬戸屋は抜け荷に手を染めているらしいじゃねえか。こっちは何だってお見通しなんだぜ」

迫水は足を止め、無精髭の生えた顎を撫でまわす。

「おぬし、狙いは金か」

「そうかもな」

「ちっ、不浄役人め」

「瀬戸屋に取りつげ。そうすりゃ黙っといてやる」

「その必要はない」

迫水は長い舌で唇を舐《な》め、ねちゃりと泥を踏みしめた。

「この場で斬りすててやる」

「できんのかい」

「黙れ」

迫水は泥を撥《は》ねとばし、ぐんと身を寄せてきた。

三間の間合いを飛びこえ、目にも留まらぬ捷《はや》さで白刃を抜きはなつ。

切っ先が鼻面を殺《そ》ぎにかかったところを、勘兵衛はどうにか十手で弾いた。

火花が散り、手に強烈な痺《しび》れが走る。

「水鷗流の居合か」

「ふふ、よくぞ躱《かわ》した」

迫水は身を離し、白刃を鞘《さや》に納める。

居合は抜き際が勝負、一刀ごとに納刀するのだ。

「不浄役人め、老い耄れにしては素早い身のこなしだ。されど、つぎは外さぬ」

「しゃらくせえ」

勘兵衛は裾《すそ》をからげ、どっしり腰を落とす。

「抜くめえに、ひとつだけ教えてくれねえか」

上目遣いに問いかけると、迫水は顎をまた撫でた。

「何だ、言ってみろ」

「松風亭の亭主を殺ったな、おめえさんかい」

「さあな」

「ありゃ殺しだ。盆の窪に刺し傷があった」

「よくぞ、見抜いたな」

「見抜くのは造作《ぞうさ》もねえ。わからねえのは殺り口さ。針で盆の窪を刺しておきながら、すぐには死なせねえ。そんな芸当が、できるはずはねえからな」

「ふふ、それができるのよ」

迫水は、口をひん曲げて笑う。

「ほう。おめえさん、殺り口を知っててんのかい」

「冥土の土産に教えてやろう。あれはたぶん、傀儡《くぐつ》刺しの傷だ」

「傀儡刺し」

「さよう。的を傀儡のように踊らせ、しばらくしてからのちに息の根を止める。細い針でそこにしかない経絡を刺せば、刺された本人にすら知られずに葬ることができるらしい。

ふん、手練《てだれ》の刺客《しかく》にしかできぬ殺り口さ」

「手練の刺客。それじゃ、力右衛門は刺客に殺られたと」

「さあな。誰が殺ったかは知らぬ。ただ、わしも盆の窪の刺し傷には気づいた。所見を教えてやったまでのことさ」

迫水は前屈みになり、ばしゃっと泥を撥ねとばす。

「不浄役人め、喋りは仕舞いだ。とあ……っ」

鞘走った白刃の先端が、ぐんと鼻面に伸びた。

「ぬおっ」

首を振って躱した拍子に、勘兵衛は尻餅《しりもち》をつく。

「死ね」

迫水は白刃を振りかぶり、大上段から斬りおとしにかかった。
そのとき、参道のほうから声が掛かった。
「おい、こっちだ」
振りむいた迫水の額に、ばしっと礫《つぶて》が命中する。
「ぬはっ」
銀次だ。
疾風《はやて》のように駆けてくる。
迫水は割れた額から血を流し、銀次を睨《にら》みつけた。
その隙を衝《つ》き、背後から勘兵衛は臑《すね》を刈りにかかる。
これを敏感に察し、迫水はふわっと宙に舞いあがった。
――ぶん。
十手が空を切る。
地に片足を着くや、迫水は横飛びに飛んだ。
「老い耄れめ、命拾いしたな」
捨て台詞を残し、裏手の雑木林へ逃れていく。
一方、銀次は勘兵衛のもとへ駆けより、苦しそうに肩で息をした。

「旦那、ご無事ですかい」

「ああ。おめえのほうこそ、無理すんじゃねえ」

「年甲斐もなく足を飛ばしたら、へへ、このざまでさあ」

「おかげで命拾いしたぜ」

肩を抱きあい、参道のほうへ歩きはじめる。

「いってえ何者です」

「迫水とかいう瀬戸屋の用心棒さ」

「え」

「瀬戸屋を訪ねたときから、目を付けられていたらしい。それにしても、手強《てごえ》え野郎だったぜ。ただの用心棒じゃねえな」

「じゃ、何なんです」

「わからねえ。ともかく、よく知ってんのさ」

迫水に教えられたとおり、力右衛門を殺った手口を告げると、銀次はしきりに首をひねった。

「傀儡刺し。そんな手口、聞いたこともねえな」

「だろう」

ふたりはどうにか参道へ戻り、山門から門前通りへ出た。

勘兵衛は泥まみれになったが、ここまで来て帰る気はなかった。

昂揚《こうよう》した気分で瀬戸屋へ乗りこんでみると、何やら店のなかが騒々しい。

「おい、何があった」

手代を掴《つか》まえて糾すと、化け物でもみるような面で声を震わせる。

「だ、旦那さまが……お、お亡くなりに」

「何だって」

勘兵衛は雪駄も脱がず、ほとけの寝かされた奥の間へ踏みこんだ。

「な、どなたです。お待ちください」

内儀らしき大年増の止めるのも聞かず、屍骸《むくろ》になった瀬戸屋磯兵衛の後ろ頭を調べてみる。

「あった」

盆の窪に、小さな点のような刺し傷をみつけた。

「旦那、こいつはややこしいことになりそうだ」

「ああ」

銀次と頷きあったところへ、すぐそばにある西条藩の役人たちがどやどや駆けつけてきた。

六

瀬戸屋磯兵衛が迫水源八郎の言った「傀儡刺し」で殺められたとすれば、力右衛門を殺めたのと同じ下手人である公算は大きい。特異な手口を知っていた迫水はもっとも怪しいが、金蔓の瀬戸屋を殺める理由はみあたらなかった。

いずれにしろ、西条藩のお偉方から南町奉行所へ「詮索無用」との通達があり、一介の臨時廻りにすぎぬ勘兵衛はしたがうよりほかなかった。鍵を握る瀬戸屋が死に、用心棒の迫水も行方をくらました今となっては、手懸かりを得る手段はない。

そうしたなか、松風亭の後添えになったおくらが身を引いたとの噂が流れてきた。一人娘のおりきに「遺言状はなかったことにしてほしい」と高飛車に告げられ、雀の涙ほどの手切れ金と引換えに、あっさり申し出を受けたというのだ。

小春日和の終日《ひねもす》。

勘兵衛は哀れにおもい、引っ越し祝いの角樽《つのだる》を提げ、おくらが居を定めた小石川の御簞笥町まで足を延ばした。

閂《かんぬき》差しにした大小の柄に袖をちょんと載せ、身幅の狭い裾を割りながら軽快に歩む。擦《す》れちがう者で知りあいがいれば、かならず「うぽっぽの旦那」と声を掛けられた。江戸の裏事情に精通し、清濁併せのむ器量を兼ねそなえている。飄々《ひょうひょう》とした物腰は、年輪を重ねたすえにできあがったものだ。勘兵衛の徳にあやかりたいと願う者は、ひとりやふたりではない。

——煮豆、煮豆。

露地裏から、振売りの売り声が聞こえてくる。

あのときの石地蔵を横目にみながら通りすぎ、少しさきの木戸門を潜りぬけた。

どぶ臭さに顔をしかめ、稲荷《いなり》の手前まで進む。

剝《は》げかかった鳥居には蜘蛛《くも》の巣が張り、餌食になった虫の死骸がぶらさがっている。

稲荷のすぐわきに、古そうな井戸があった。

まわりで洗濯する嬶《かか》あもいない。

覗きこんでみると、涸《か》れ井戸だった。

長屋をざっと眺めわたせば、障子の破れていない戸はない。

外に人影はないが、貧乏人たちが暮らしている気配はある。

「ひでえところだな」

惨めな九尺店《くしゃくだな》へ、おくらはひとりで移ってきた。

せめてもの救いは、軒下の柱に飾られた薄紅色の山茶花だ。「姫椿」とも呼ぶ山茶花は穏やかな小春日和にふさわしい花だが、落ちぶれた女の悲哀を際立たせているようにもみえる。

内の気配を窺いつつ、勘兵衛は破れ障子を引きあけた。

「ちょいと邪魔するぜ」

内職の布を繕うおくらが、窶《やつ》れた顔を向けてくる。

「あ、うぽっぽの旦那」

「よう、元気にしていたか」

角樽を板間に置くと、おくらは縫い物を片付けはじめた。

「いや、ここでいいんだ」

勘兵衛は上がり端《はな》に尻を引っかけ、羅宇《ラオ》の煙管《キセル》を取りだす。

「お待ちを」

おくらは慌てて煙草盆を差しだし、流しのほうに立った。

「水はどうしてんだ。あそこにあんのは、涸れ井戸だろう」

「お隣の長屋から借りてくるんですよ。お水がないせいで、お家賃も安いんです」

「大家のやつ、どうして、涸れ井戸にしとくのかな」

「そのむかし、井戸に身を投げた若い女があったそうです。女は胸に切支丹であることを示す十字架の刺青《いれずみ》を彫っていたとか」

それ以来、水を張るのは不吉とされ、水道水の供給口が塞がれたままになっているらしい。

「恐かねえのか」

「ええ、いっこうに」

「どうして、そんな曰くつきの長屋を選んじまったんだ」

「さあ。神仏のお導きとしかおこたえできません」

「神仏のお導き」

おくらはこちらを向き、悪戯《いたずら》っぽく微笑《ほほえ》んでみせる。

「旦那にも御利益があるように、祈ってさしあげましょうか」

「ふん、何を祈るってんだ。意味がわからねえぜ」

ぷかぷか煙草を吹かしていると、燗《かん》酒と肴《さかな》が盆で出された。

「ほう、塩昆布の佃煮《つくだに》か」

「そんなものしかございません」

「充分だぜ」

勘兵衛は塩昆布を摘《つま》み、ぺろっと舐めて口に入れる。

注がれた酒をくいっと呷《あお》り、目尻をさげてみせた。

「さ、返杯といこう」

「いいえ、わたしは」

「呑めねえのかい」

「い、いえ」

「だったら、遠慮することはあるめえ」

勘兵衛は、同じ盃に酒を注《つ》いでやる。

おくらは両手で盃を持ち、すっとひと息に呷った。

「へへ、粋な呑みっぷりじゃねえか。力右衛門が惚れるのも無理はねえな」

言ったそばから、ぺろっと舌を出す。

「すまねえ。ついうっかり、口を滑らしちまった」

「いいんですよ。わたしはもう、松風亭と何ひとつ関わりはありませんから」

「そこだ。よくぞ、身を引いたな。身代の半分を黙ってでも頂戴できるってはなしを、おめえは蹴《け》りやがった。江戸の口うるせえ雀どもは、おめえの心意気に拍手喝采を送ってらあ。でもな、おれにゃどうしてもわからねえ。おめえのほんとうの気持ちってやつがよ」

おくらは首を伸ばし、襟を正す。

「うぽっぽの旦那。このお江戸で女ひとり生きていくには、たしかに先立つものが要ります。だからって、後添えになって半月しか経たない女が身代の半分を頂戴したら罰が当たりますよ」

「神仏に顔向けできねえってことかい」

「はい」

勘兵衛はうんうんと何度も頷き、盃をかたむける。

「偉えな。あのとき、おめえはそういう女だとおもったぜ」

「あのときって」

「お地蔵さんを抱いていたときさ」

「よしてください。わたしなんざ、やさぐれた宿場女郎にすぎません。どぶ臭い貧乏長屋の似合う女なんです」

「そうやって、自分を卑しめるんじゃねえ」

「いいえ、そうなんです」

おくらは目を伏せ、長い睫《まつげ》を瞬《しばたた》く。

「松風亭の旦那さまにたまさか見初《みそ》められ、運良く後添えに貰っていただきました。たぶん、それで一生ぶんの運を使いはたしたにちがいない。大恩ある旦那さまを失い、わたしの心は空っぽになっちまいました」

「空っぽか」

「お金なんて、どうでもいいんです。いいえ、生きていることでさえ、どうでもいいのかもしれません」

投げやりな台詞を吐く女の色気に、勘兵衛はくらりときた。

首を左右に振り、すぐさま自分を取りもどす。

「でもな、おくら、生きてりゃ良いこともあるぜ」

「そうでしょうか」

「ああ、そうだ。もうすぐ、江戸は紅葉の盛りを迎える。品川の海晏寺《かいあんじ》にでも行ってみりゃ、蛇腹紅葉やら千貫紅葉なんぞを愛でることができる。目の保養になるぜ。食い物だって美味《うめ》えもんはいくらでもある。別に、高価な品じゃなくたっていい。たとえば、ほかほかのおまんまに塩焼きの秋刀魚《さんま》、つまは大根おろしに醬油をちょいと垂らして。へへ、こいつを食べずに死ねるかよ」

「うふふ、そうですね」

「だろう」

おくらは目を潤ませ、悲しげに笑った。

「旦那はお優しい方ですね。もっと早く出逢いたかった」

長い睫を伏せ、さめざめと泣きだす。

「おめえ、泣き上戸かい」

「いいえ。ふと、死なせちまった子のことをおもいだしちまって」

勘兵衛は、じっくり頷いた。

「そのはなしを、できれば聞かせちゃもらえめえか」

少し間が空き、おくらはこっくり頷いた。

「わかりました」

おくらは、越後の寒村で生まれ育った。小作人の父親は野田博打《ばくち》にのめりこみ、借金をつくった。借金のカタに取られた娘は十四で女衒《ぜげん》に売られ、春をひさぎながら食いつないだ。

「売られたさきの抱え主が鬼のような男で、枕探しとか美人局《つつもたせ》とか、人の道に外れたことをずいぶんやらされました」

その男に身も心もぼろぼろにされ、何度も死のうとおもった。だが、生きたいという望みのほうがいつも勝って、おもいを遂げられなかった。

「わたしは男の言うがままに生きておりましたが、十六のとき、男から逃れる機会が訪れました。さるお武家さまに見初められ、貰っていただけることになったのです」

今から、十七年前のはなしだという。

「わたしは、その方の子を身籠もりました。身籠もったことをお伝えすると、旦那さまは満面の笑みを浮かべてくださった。その笑顔が、今でも忘れられません。でも、わたしは子を産んではいけなかった。そういう運命《さだめ》にあったのです」

夫に相談することもできず、おくらは産んだ子を間引きすることに決めていた。

「冷たい川に腰まで浸かり、大きい腹を石で何度も叩《たた》きました。あのときの痛み、苦しみは、今でも忘れられません」

それは、石で叩いて腹の皮を破った痛みであったのか、陣痛の痛みであったのか、それとも、我が子を殺めねばならぬ心の痛みであったのか、今でもわからない。

おくらは必死だった。酸漿《ほおずき》の根が効くと聞いて、煎じ汁を呑みくだしたのち、赤子を股間から無理に引きずりだして、水のなかに浸けたのだという。

「ひどい女です」

どうして、そのような惨《むご》いことをしたのか。

勘兵衛は、問いかけることばを呑みこんだ。

人にはかならず、他人に言えない事情がある。それを根掘り葉掘りほじくり返すことに、一抹のためらいをおぼえたのだ。

おくらはつかのまの幸福を味わったあと、不幸のどん底へ堕ちた。

心底から好きあった相手と別れてからは、ふたたび身を売ることでしか生活《たつき》の術《すべ》をみつけられず、何年も掛かって中山道の宿場を転々とし、最後に板橋宿へ流れついたのだという。

好いた相手と別れねばならなかった理由も、勘兵衛は敢えて問おうとしなかった。

「苦労したな」

「罰が当たったんです」

おくらは、みずからの手で殺めた子の面影を引きずっている。

勘兵衛は、暗い底なし沼に引きずりこまれた気分だった。

ひょっとしたら、静も同様の体験をしたのかもしれない。

惚れた相手の子を孕み、拠所《よんどころ》ない事情で水にするしかなかった。

その事情が自分に関わることであったなら、静が忽然と失踪した理由も説明できるのではないか。

好きあっていっしょになったとおもっていたが、それは勝手なおもいこみだったのかもしれない。

侍と町人の娘が所帯を持つには、高い壁を乗りこえねばならぬ。

こちらの与《あずか》りしらぬ事情もあったのだろう。

そうでなければ、所帯を持って一年で失踪した理由を説明することはできない。

おもいすごしであってほしい。

勘兵衛は祈りつつ、冷めた酒を呷った。

おくらが身を寄せ、小首をかしげてみせる。

「もう一本、おつけしましょうか」

「いや、もういい」

勘兵衛はやおら立ちあがり、ぺこりとお辞儀をした。

「馳走になった。元気そうな顔をみられてよかったぜ」

「旦那」

「ん、どうした」

「お訪ねいただき、ほんとうにありがとうございます。胸の裡を吐きだしたら、何やらすっきりいたしました」

「そいつは何よりだ」

勘兵衛は歩きかけ、立ちどまって振りむいた。

「おくらよ、聞いてくれ。なるほど、江戸の風は冷てえ。でもな、心の温けえ人間は大勢いる。おめえのほうから心をひらけば、すぐにわかることさ。そいつだけは、忘れねえでくれ」

「はい」

涙ぐむ哀れな女をひとり残し、勘兵衛は外に出た。

いつのまにか、あたりは夕闇に包まれ、涸れ井戸の上には半月が輝いていた。

七

芝浜にある瀬戸屋の蔵が破られた。

主人の磯兵衛が亡くなったどさくさに紛れ、何者かに大金が盗みだされたのだ。

それは奉公人の訴えで町奉行所の知るところとなったが、またもや、西条藩のお偉方から「詮索無用」との通達がもたらされた。

抜け荷絡みで得た黒い金が蔵に隠されていたのではないかと、勘兵衛は疑った。

それが事実なら、瀬戸屋と通じていたとされる元留守居役の宮田万之丞も頭を抱えているにちがいない。

ともあれ、悪事が露見するのを恐れ、町奉行所の介入を拒んだのであろうが、勘兵衛は黙ってしたがう気もなかった。

じつは、大金が盗まれただけでなく、死人がひとり出た。

殺されたのは善助《ぜんすけ》という瀬戸屋の雇われ人で、夜間だけ芝浜の番小屋に詰めていたのだ。

「善助にゃ、老いたおっかさんがあった。親ひとり子ひとり、貧乏長屋で寄り添うように暮らしていたんだ。おっかさんは目を患っていてな、息子が死んだと聞かされても信じようとしねえ。みえねえ目で還《け》えるはずのねえ息子を捜しまわり、芝浜の波打ち際で冷たくなってみつかった。何ひとつ罪もねえ年寄りが、死んじまったんだよ。こんなことが許されてたまるか。誰が何と言おうと、おれは下手人を捕まえる。哀れな母子の恨みを晴らしてやる」

めずらしく怒りをあらわにした勘兵衛の意を汲み、娘婿の鯉四郎とすっぽんの銀次は足を棒にして調べまわった。

そして数日後、いくつか判明したことを持ちより、京橋は水谷町の露地裏にある『吾作』の軍鶏《しゃも》鍋を囲んだ。

三人のほかにもうひとり、砥石《といし》で磨いたような禿頭の大男が座っている。富沢町で金貸しを営む安吉《やすきち》であった。

盗人あがりの小悪党だが、江戸の裏事情に精通しており、勘兵衛には借りがある。

「軍鶏鍋を囲むのは、これきりにしてほしいな。旦那方と会っているのがばれたら、裏の連中から爪弾きにされちまう」

「いいじゃねえか。少しはまっとうな生き方ができるかもしれねえぜ」

「またあ、勘弁してくだせえよ、うぽっぽの旦那」

「ところで、蔵を破った一味の素姓はわかったか」

「それが、肝心なところがわからねえんで」

「肝心なところの手前までは、わかったってことだな」

「ええ、まあ」

「そいつを聞かせてくれ」

勘兵衛はにっこり微笑み、酒をなみなみと注いでやる。

「その微笑仏みてえな顔が、くせものだってえの」

安吉は盃を呷り、湯気を立てる鍋のそばに顎を突きだす。

「蔵を破ったな、鬼蜘蛛《おにぐも》っていう盗人一味らしいんで」

「鬼蜘蛛」

「旦那方も聞いたことはねえはずだ。関八州で名の売れた連中じゃねえ」

以前は上方の商家を荒らしまわっていたというが、公の記録に「鬼蜘蛛」の名が登場したのは、ただのいちどだけらしい。

「二十年近くまえのはなしでやす。紀州様の御城で御金蔵破りがあった。千両箱がごっそり盗まれ、足もつかなかったとか。嘘か真実《まこと》かわからねえが、ともかく、御金蔵を破ったのは鬼蜘蛛一味だった」

調べるとすれば、紀州藩で保管されている記録にあたるしかない。が、まず、許しは出まい。

娘婿の鯉四郎が、横から口を挟んだ。

「瀬戸屋の番頭に聞いてみましたが、芝浜の蔵に大金が隠されていたことは知らなかったそうです。むしろ、知っていたのは西条藩の役人たちで、番頭は役人たちから盗まれた金額が数千両におよぶと聞き、腰を抜かしかけたとか」

「西条藩の役人どもってのは、どういった連中なんだ」

「元留守居役、宮田万之丞の息が掛かった連中です」

宮田は、芝浜の蔵に隠し金が眠っているのを知っていた。

それだけでも、抜け荷で瀬戸屋と通じていたことの証明になる。

「番頭も知らなかったことを、鬼蜘蛛一味は嗅《か》ぎつけていた。おおかた、仲間を瀬戸屋へ忍びこませていたにちがいありません」

と、鯉四郎はつづける。

「調べてみると、怪しいのがひとりおりました」

「ん、いたか」

「おもんという名の女です。半月前から、三日に一度の通いで下女奉公をしておりました」

齢は三十路前後、右目の下に泣きぼくろのある色の白い女だったとか。

それが、病の母親を看病しなければならないとの理由から、瀬戸屋を辞めた。

「いつ」

「磯兵衛が殺された日の夕刻、最後の挨拶に来たそうです」

「何だと」

鯉四郎は番頭におもんの住まいを聞き、その足でさっそく訪ねてみた。

が、そこには、住んでいた形跡もなかった。

「たしかに、怪しいな」

「ほかにもあります。店の裏庭で主人の磯兵衛とおもんが口喧嘩しているところを、女中頭がみておりました」

「口喧嘩するほど深え仲だった」

「そういうことです。おもんは磯兵衛に色仕掛けで近づき、隠し蔵のことを聞きだしたのかも。盗人一味の引きこみ役を担ったにちがいありません」

「鯉四郎よ、なかなかの調べっぷりじゃねえか」

「は、どうも」

女が引きこみ役と断定はできないものの、そこまで筋を描くことができれば、褒めてやってもいい。

「おめえは融通の利かねえ独活《うど》の大木だとおもってたが、どうやら、そうでもねえらしい」

鯉四郎は小野派一刀流の免状持ちで、腕一本に頼るようなところがあった。綾乃と所帯を持ってからは、勘兵衛好みの誠実さにくわえて、探索や筋の描き方に冴えた一面をみせるようになってきた。

そうした娘婿の成長を傍《はた》で眺め、指南役の銀次も目を細めている。

一方、安吉は骨付きの軍鶏肉に齧《かじ》りつきながら、鬼蜘蛛一味の手口を語りだした。

「婿さんの仰るとおり、一味の胆《きも》は引きこみ役の女ですぜ。そいつが狙った相手の家に住みつき、ことによったら何年も掛かって御宝の在処《ありか》を探りだす」

安吉は肉を咀嚼《そしゃく》しながら、蜂のはなしをしはじめる。

「旦那方はご存じですかい。蜂のなかにゃ、女郎蜘蛛のからだに卵を産みつける狩り蜂ってのがいるそうで。そいつに似ているところから、引きこみ役の女は狩り蜂と呼ばれているんだとか」

「狩り蜂か」

勘兵衛はつぶやき、盃を舐めた。

女郎蜘蛛を狩る蜂のはなしなら、どこかで聞いたことがある。

狩り蜂はからだに油のような体液を塗り、蜘蛛の糸に掛からないようにする。そして蜘蛛に接近し、針を刺して痺れさせ、体内に卵を産みつけるというのだ。

一方、女郎蜘蛛は針に刺されても、七日程度は「餌」として生きつづける。

女郎蜘蛛が内から徐々に食いつくされる様子は、たしかに、盗人に狙われた相手が御宝を根こそぎ奪われる経過と似ていなくもない。

「紀州藩の御金蔵が破られたときも、狩り蜂はだいじな役まわりを演じたそうです。何と武家娘に化け、鍵役人のもとへ嫁いだ。凄まじいはなしはここからで、狩り蜂は新妻として二年を過ごし、子まで身籠もったと聞きやした」

そこまでして鍵役人を信じこませ、御金蔵の配置やら錠前の種類やらを調べつくしたのだ。

「狩り蜂のおかげで、鬼蜘蛛一味はまんまと大仕事をやってのけた。とまあ、そういうわけで。もっとも、嘘か真実かわからねえはなしでやすがね」

鯉四郎は身を乗りだし、安吉に向かってぎょろ目を剝《む》いた。

「それで、鍵役人のもとへ嫁いだ狩り蜂はどうなった」

「さあ、そこまではちょっと。おおかた、子を水にして、行方をくらましたんでしょうよ」

鍵役人は切腹、家は断絶の憂き目をみたという。

「嫌な役目にちげえねえが、そいつを屁ともおもわねえ女なんだ、きっと」

安吉は禿頭に汗を滲ませ、軍鶏肉にしゃぶりつく。

その様子を漫然と眺めつつ、勘兵衛はおくらの顔を頭に浮かべていた。

なぜかはわからない。狩り蜂と呼ばれる得体の知れぬ女と、おくらを結びつけるものは何ひとつなかった。だが、金貸しの語る狩り蜂のはなしは、おくらの悲しげな顔を想起させた。

「紀州様の御金蔵から盗まれたのは、三万両とも言われておりやす。それだけの大金が世の中に出まわったとなりゃ、景気もどんとあがったはずだ」

安吉は大袈裟《おおげさ》に両手をひろげ、羨《うらや》ましそうな顔をする。

「三万両もの金を盗んでおきながら、まだ盗もうってんだから、浅ましい根性をしてやがる。へへ、それにしても、吾作の軍鶏は美味えなあ」

勘兵衛は盃を干し、てらてらした坊主頭を睨みつける。

「安吉よ。おめえ、肝心なところがわからねえと言いやがったな。そいつは何だ」

「へへ、そいつは、あっしなんぞが鬼蜘蛛の素姓をこうして偉そうに喋ってるってことでさあ」

「どういうことだ」

「あっしが知ってるってことは、江戸の闇を牛耳る大物連中はたいてい知ってるってことだ。つまり、誰かがわざと、鬼蜘蛛って名を裏の筋に流したことになる。流すとすりゃ、一味の誰かでしょう。でも、流して得をすることなんざ、どう考えたってひとつもねえ。噂を流したやつの狙いが、皆目わからねえんですよ」

「やめてえのかもな」

ぽつりと、勘兵衛がこぼす。

安吉は、盃を持つ手を止めた。

「やめてえって、盗人働きをですかい」

「ああ、そうだ。番太郎の善助は剃刀みてえな刃物で喉笛を掻っきられ、からだじゅうの血を搾《しぼ》りだして死んだ。さぞかし、悲惨な死にざまだったにちげえねえ。鬼蜘蛛の噂を流したやつは、罪もねえ善人を殺めてまで盗みをつづけるのに、ほとほと愛想が尽きたのさ」

裏の筋に鬼蜘蛛の名を流せば、一味は下手に動くことができなくなる。

盗みをやめさせたいのが狙いなら、たしかに、有効な手かもしれない。

「甘えなあ、旦那は。盗人が盗みをやめたら、何が残るってんです。たぶん、やめるなんてことは、これっぽっちも考えておりやせんぜ」

「そうともかぎらねえさ」

一生遊んで暮らせるだけの金さえ手にできれば、わざわざ、危ない橋を渡ろうとはすまい。

勘兵衛は盃を舐めながら、さまざまに考えをめぐらせた。

やたら歯ごたえのある軍鶏肉には、まだ箸《はし》も付けていない。

鬼蜘蛛も、狩り蜂に食われる運命なのではないか。

ふと、勘兵衛はそんなことをおもった。

八

頭上には十三夜の月が輝いている。

勘兵衛は三人と別れ、浮世小路へ足を向けた。

おりきと清太郎の仕切る『松風亭』は、客の入りがさっぱりらしい。

閑寂とした往来に耳をすませば、辻向こうから念仏のような謡が聞こえてくる。

「……峰を求めて幾千里、長者ヶ池を渡りてのちは清水の舞台から飛びおりよ。訪ねあてたるその峰は、大安吉日菩提寺に姫椿の咲くあたり」

死んだ力右衛門のつくった謡と気づき、勘兵衛は駆けだした。

辻を曲がると、去っていく願人坊主《がんにんぼうず》の後ろ姿がみえる。

「おい、待ってくれ」

振りむいた坊主は破れ笠をかたむけ、歯のない口でにっと笑った。

「何かご用で」

「おぬし、謡を唸っておったろう」

でございます」


「峰を求めて幾千里」

「おう、それだ。誰に教わった」

「教わってはおりませぬ。本所の回向院界隈を流していたら、自然と耳にはいってきたのでございます」

「回向院のどこだ」

「竪川《たてかわ》沿いの相生町《あいおいちょう》に、荒れ家が一軒ございます。今は住む者とておりませぬが、以前はお武家さまの御屋敷だったとか」

「その荒れ家から謡は聞こえてきたのだな」

「いかにも、さようにございます。今から十日ほどまえになりましょうか。噎《むせ》び泣くような声に惹《ひ》かれ、門を潜りました」

戸を敲《たた》いても応じる者とてなく、怪しげな謡だけが闇にかぼそく聞こえてきた。

さては物《もの》の怪《け》の仕業かとおもったが、離れがたいものがあり、戸口に佇んでじっと耳をかたむけた。

「謡の意味するところはわかりませぬが、何処《いずこ》かへ導かれているような心持ちがいたしました。そこに参れば、幸運にめぐりあえるかもしれぬ。黄金に輝く極楽浄土を目にすることができるかもしれぬ。そんな気がしてならず、貪《むさぼ》るように謡をおぼえたのでございります」

「どんな声だった」

「儚げな女の声でした」

「女」

「はい」

「それから何度か訪ねてみましたが、二度と謡は聞こえてきませなんだ。されど、浮世小路に来れば同じ謡を耳にできると、風の噂に聞きました。ゆえにこうして、淋しい夜道を流しております」

　謡の主は殺された。浮世小路を流しても無駄足に終わるだけだと伝えたところで、詮無《せんな》いはなしだ。

「ふうむ」

　勘兵衛は、腕を組んで考えこむ。

　願人坊主の言うとおり、謡に恋慕や悔恨といった心情をあらわす意味らしきものはない。「峰」なるものの在処をしめしているにすぎず、それが「金色に輝く極楽浄土」であるかどうかも疑わしい。

　しかも、意味のない謡であるにもかかわらず、力右衛門とは別の女が口ずさんでいたという。

考えれば考えるほど、謎は深まるばかりだ。

ともあれ、本所相生町の荒れ家を覗いてみよう。

勘兵衛はそう決め、踵《くびす》を返した。

「旦那、お待ちを」

「何だ」

「今宵は月待ちの十三夜、願人坊主の代待ちはいかがでしょう。ひと晩の願掛けで、たった十六文にございります」

「おめえに頼んで、おれの願いが叶うのか」

「それはお月さま次第」

「味なことを抜かす。よし、これで頼む」

勘兵衛は十六文どころか、一朱銀を指で弾いてみせる。

「さすが、八丁堀の旦那はお腹が太い。して、願い事とは」

「孫娘の無病息災、それと」

「それと、何です」

「夫婦円満を頼む」

「かしこまりました。真心を込めて、お月さまに願掛けいたしましょう」

みすぼらしい願人坊主に背を向け、勘兵衛は本所をめざした。

期待はできないものの、荒れ家を訪ねれば何かわかるかもしれない。

気づいてみると、月は群雲に隠れ、辺りは漆黒の闇に閉ざされていた。

九

雲間から覗いた月が、竪川のよどみに流れている。

願人坊主の言ったとおり、相生町に荒れ家はあった。

おぼえがある。

何年か前までは、どこぞの藩の陪臣が住まう武家屋敷だった。

今は荒れはて、ひっそり閑としており、傾《かし》いだ門を潜った向こうは雑草に覆われている。

願人坊主が忍びこんだ十日前には、ここに女が身を寄せていた。

物の怪や幽霊のたぐいでなければ、物乞いや夜鷹かもしれない。

しかし、謡を口にするような才気走った夜鷹がいるはずもない。

あれこれ考えをめぐらせながら、数間《けん》さきの表口へ近づいた。

耳を澄ましても謡は聞こえず、人の気配も感じられなかった。

ただ、軒下の柱に一輪の枯れ花をみつけ、はっと息を呑んだ。

「こ、これは……山茶花」

同じように山茶花の飾られた軒先を目にしたことがあった。

おくらが引っ越した小石川の九尺店だ。

儚い声の持ち主とは、おくらだったのではあるまいか。

ふと、そんなふうにおもった。

山茶花は、別名を姫椿ともいう。

謡に出てくる「姫椿の咲くあたり」とは、この荒れ家をさすのだろうか。

ここが「黄金に輝く極楽浄土」だとすれば、どこかにお宝が眠っているのかもしれない。

「ふっ、まさかな」

勘兵衛は雑草を踏みわけ、盗人にでもなったような気分で裏手へまわってみた。

勝手口は壊れており、屋敷のなかへは容易に忍びこめる。

「覗いてみるか」

何かに導かれるように忍びこむや、異臭が微かに漂ってきた。

懐中から小田原提灯を出し、暗闇を照らしだす。

心細い光の輪が、闇に蠢く物の怪の気配を映す。

「気のせいか」

蜘蛛の巣を掻きわけ、廊下の奥へ進んだ。

異臭は、次第に濃くなっていく。

「ここだな」

廊下に、何者かが争った痕跡をみつけた。

袖で鼻と口を覆い、蹴破られた襖《ふすま》の奥へ提灯の光を翳《かざ》す。

「うっ」

黒装束の屍骸が転がっていた。

畳のうえで仰向けになった一体、壁に凭《もた》れた一体、床の間に伏した一体、ぜんぶで三体ある。

勘兵衛がみつけたものは「お宝」でも「極楽浄土」でもなく、三体の屍骸だった。

いずれも黒装束に身を固めている。

盗人であろうか。

勘兵衛は屍骸のそばに近づき、殺しの手口を探った。

三体とも、喉笛を鋭利な刃物で裂かれている。

善助という瀬戸屋の蔵番が殺された手口と同じだ。屍骸の傷みぐあいから推せば、五日は経っていた。蔵が襲われた八日の晩に殺められた公算は大きい。してみると、蔵を襲った「鬼蜘蛛」の一味であろうか。

「仲間割れでもしたのか」

膨らむばかりの問いを抱え、勘兵衛は陰惨な荒れ家から逃れた。

十

二日後、十五日。

芝居町の『福山蕎麦《そば》』で海苔掛けの笊《ざる》蕎麦を啜っていると、鯉四郎が古い人相書を携えてきた。

「義父上《ちちうえ》、やりました」

「ん、やったか」

鯉四郎は勘兵衛から「盗みに関わる手配書を三十年分繰ってみろ」と命じられ、二昼夜寝ずに調べた。

「そして、ついにこれを」

「みつけたか」

「はい」

　床几《しょうぎ》にひろげられた手配書は二十数年前のもので、西国の商家を荒らしまわった「さがに一味」の首魁《しゅかい》とその右腕の人相が描かれていた。

　隣から銀次も覗きこみ、首を捻る。

「鯉さま、この人相書がどうしたってんです」

　鯉四郎は細筆を舐め、首魁の顔に丸味と皺《しわ》をくわえ、しかも、髪のかたちを老けた商人髷に描きかえた。原本の写しなので、筆を入れても平気らしい。

「あっ、こいつだ」

　勘兵衛と銀次は、同時に膝を打った。

　黄ばんだ紙に浮かびあがった首魁の顔は、殺された松風亭亭主の力右衛門に酷似していたのだ。

「でかしたぞ、鯉四郎」

「ありがとうございます。義父上は先日、力右衛門の顔をどこかで目にしたことがあると仰いましたね。ひょっとしたら、この人相書を目にされたのではないかと」

「かもしれねえ」

おぼえはない。どっちにしろ、おおむかしのはなしだ。

「ま、蕎麦でも食え」

「は」

勘兵衛が大笊を注文すると、大食漢の娘婿は腹をくうっと鳴らした。

「通り名は、ささがにの力蔵というのか」

そもそもは「椿」という姓の陪臣であったとも記されている。

「椿某という侍が盗人になり、西国を好き放題に荒しまわったあげく、江戸へ出て力右衛門と名を変え、料亭の亭主におさまったわけか」

「おさまってからも、悪事に手を染めていたにちがいありません」

「西条藩の抜け荷に関わった連中とも仲間だった」

「そうです」

「となりゃ、力右衛門は口封じで殺されたんじゃねえな」

「はい」

銀次は細筆を舐め、さきほどから黙々と、もうひとりの悪党に墨をくわえている。

「やっぱりそうだ。旦那、こいつ、松風亭の番頭にまちげえねえ」

「何だって」

「与平ですよ。通り名は、おいそれの与次郎とありやす。与次郎は与平と名を変え、力蔵といっしょに商人になりやがったんだ。おいそれってのは、ご存じのとおり、巾着切が使う剃刀のこってす。ひょっとしたら、蔵番の喉笛を裂いた得物かもしれねえ」

「銀次よ、今日は一段と冴えてんじゃねえか」

「へへ、照れくせえや」

「おめえの推察どおりだとすれば、荒れ家でみつけた盗人たちも、松風亭の番頭に殺られたってことになる」

「善は急げ。与平をとっ捕めえにめえりやしょう」

「もう、いねえよ」

「え」

「盗人ってな逃げ足が早え。二十余年も捕まらなかった野郎が、のんびり松風亭に留まっているはずはねえ」

「そりゃそうだ」

　銀次は、がっくり肩を落とす。

「ここはじっくり考えようや」

「へい」

大笊に盛られた蕎麦がきた。

鯉四郎は、必死に蕎麦をたぐりはじめる。

その様子を眺めながら、勘兵衛は蕎麦湯を啜った。

「いいか。松風亭の力右衛門が殺されたのは、四日の晩だ。それから四日後、八日の夕方に瀬戸屋磯兵衛が殺された。このふたりは同じ手口だ。盆の窪に刺し傷があった」

同じく八日の晩、芝浜にある瀬戸屋の蔵が襲われた。このとき、蔵番の善助が喉笛を裂かれて死んでいる。盗みに関わった鬼蜘蛛の一味と目される盗人三人も、盗人宿に使われたとおぼしき本所の荒れ家で喉笛を裂かれていた。

「番頭の与平は新たな仲間を募り、瀬戸屋の蔵を襲った。こいつは、力右衛門の指図じゃねえ。なにしろ、力右衛門は死んでいたんだからな。与平は、瀬戸屋の蔵に抜け荷で得た隠し金があることを知っていた。力右衛門が右腕と頼る男なら、知らねえはずはねえ。与平も抜け荷の仲間だったのさ」

ところが、力右衛門の死で事情が変わった。

「与平は瀬戸屋を裏切り、お宝をごっそり奪ったあと、盗みを手伝わせた三人を始末した。もちろん、捕り方に尻尾を捕ませねえためだ」

「くそっ、江戸からとんずらしちまったのかもしれねえ」

銀次の口惜しがるとおり、せっかく手繰りよせた糸は、与平の逃亡で切れてしまったかにみえる。

もどかしさが勘兵衛の気持ちを重くさせた。

そこへ助け船を出したのは、鯉四郎だった。

大笊に盛られた蕎麦をぺろりと平らげ、笊をもう一枚追加で注文したところだ。

「義父上、先日、力右衛門のつくった謡のはなしをなされましたね」

「峰を求めて幾千里」

「それです。ひょっとしたら、謡は何かの在処をしめす隠しことばのようなものではありませんか」

「何かとは何だ」

「盗人の隠し金」

「何だと」

「たとえばのはなしです。高利貸しの安吉が軍鶏鍋屋で喋ったはなしを、おもいだしてください。鬼蜘蛛なる一味は十七年前、紀州藩の御金蔵を破った。鬼蜘蛛を率いていたのが力右衛門で、盗んだ大金の一部が密かに隠されたとしたら」

勘兵衛は耳をかたむけながら、願人坊主に告げられた「黄金に輝く極楽浄土」という言いまわしをおもいだしていた。

鯉四郎は眸子を輝かせ、いつになく冴えた頭で喋りつづける。

「『峰《ほう》』は『宝《ほう》』に通じます。力右衛門の謡は『長者ヶ池を渡りてのちは清水の舞台から飛びおりよ』と、つづく。江戸で長者ヶ池と言えば、青山百人町の南にある原宿村のことでしょう。すなわち、青山大路の脇に構えた西条藩の上屋敷を出て、長者ヶ池へ向かう。それが謡の意味です」

「なるほど、原宿村から麻布へ向かう途中には、長谷寺がある。清水の舞台から飛びおりよとは、そのことだな」

「はい。飛びおりたさきは『大安吉日菩提寺に姫椿の咲くあたり』と、つづきます。長谷寺の近くに、大安吉日に関わる菩提寺があるという意味合いでしょうが、さて、困った。調べてみますと、松風亭の菩提寺は浅草の正安寺という寺で、当の力右衛門もそちらに葬られております」

「待てよ」

勘兵衛は天井をみつめ、青山絵図の記憶を蘇らせる。

「長谷寺の北隣には、大安寺という寺があるぞ」

「それだ。大安吉日とは大安寺のことにまちがいない。寺のどこかに姫椿が咲いているのかもしれません」

「いや、待て」

勘兵衛は鯉四郎を制し、眸子を細める。

「力右衛門が侍だったころの姓は何だ」

「椿……あ、そうか。謡の『姫椿』は姓のことか」

「大安寺に、ご先祖の墓があるのかもしれねえな」

「きっと、そうですよ。墓を曝《あば》けば、隠し金が出てくるかもしれない」

「婿さんよ、蕎麦なんぞたぐっている場合じゃねえぞ」

「はい」

三人はやおら立ちあがり、興奮の面持ちで店から飛びだした。

十一

力右衛門こと、ささがにの力蔵は、盗人であるにもかかわらず、風流を解する男だったのかもしれない。

世阿弥の『松風』に謡を挿入し、隠し金の在処をしめした。

勘兵衛たちの推察が正しければ、西麻布の大安寺には椿家の墓があり、墓を曝けば金銀小判がざくざく出てくることになる。

しかし、新たな問いも生まれた。

なにゆえ、隠し金の在処を謡に託し、誇示しなければならなかったのか。

それを解く鍵は西条藩の元留守居役、宮田万之丞にある。

盗人力蔵は、傘寿の祝いで『松風』を舞い、件《くだん》の謡を披露した。

当然のごとく、主賓の宮田は謡の意味するところを解していた。そうでなければ、謡のしめす意味を厳しく糾したであろうし、力蔵もこたえざるを得なかったであろうからだ。

あらかじめ、ふたりが納得ずくであったとすれば、力蔵が奇妙な謡を差し挟んだ意図もおのずとわかる。謡によって、両者は堅固な結びつきを確かめあっていたのだ。

いったい、いつごろからの結びつきであったのか。

その点をあきらかにできれば、力蔵や瀬戸屋磯兵衛が殺められた理由も判明するかもしれなかった。

ただし、新たな問いの答をみつけるには、宮田の素姓を詳しく探らねばなるまい。

勘兵衛はそんなことを考えながら、西麻布の大安寺へたどりついた。

三人で由緒ありげな山門を潜りぬけ、さっそく宿坊を訪ねてみる。

住職は本堂で経をあげていると寺男に聞き、そちらへ向かった。

なるほど、荘厳華麗な本堂からは、朗々と経が響いてくる。

しばらく外で待たせてもらい、小坊主に案内を請うた。

やがて、経は歇《や》み、柔和な顔の住職があらわれた。

「何か、ご用でしょうか」

と問われ、勘兵衛も微笑仏のような顔で応じる。

「じつは、さる武家の墓を探しております」

「お武家の姓は何と仰る」

「椿」

「それなら、ござります」

微塵の迷いもなく、住職はこたえた。

勘兵衛たちは、ぱっと顔を輝かす。

「ありますか」

「はい。めずらしい姓ゆえ、すぐにわかりましたぞ。椿家は古くからの檀家でしてな、そのむかしは紀州様の家臣であられました」

「紀州様の」

勘兵衛は、高鳴る気持ちを抑えかねた。

住職は咳払いをし、声をひそめる。

「ご先祖は、猿楽を能《よ》くする傀儡であったとか。秀でた芸能を披露し、紀州様に召しかかえられたのであろうと、拙僧はかようにおもうております」

「傀儡か、なるほど」

かつて、傀儡は日本全国津々浦々を放浪し、寺社を訪ねては厄払いの歌舞を奉納していたという。盗人力蔵が猿楽の能を舞うことも、先祖の墓下にお宝を隠すという発想を得たことも、勘兵衛には何となくわかったような気がした。

住職がにっこり笑う。

「ちょうどよいところへ来られた。毎月のことですが、十五夜には境内にて月見供養が催されます。さる方が椿家のご先祖を回向すべく、古式ゆかしき猿楽の能を催してくださるのです」

「猿楽の能を」

「ほら、あそこをご覧なされ。松の木の向こうに、仮舞台が設《しつら》えてござりましょう。世の中には奇特な方があるものです」

勘兵衛は小さな仮舞台を確かめ、急《せ》くように問いを投げかける。

「ご住職、奇特な方とは、椿家に縁のある方でしょうか」

「さて、それはどうか。檀家ではないので詳しいことはわかりかねますが、聞くところによれば、そのむかしは紀州様のご重臣であられたとか」

「名は、名は何と仰る」

「宮田万之丞さまにございます」

やはり、そうであった。

予想はできたが、勘兵衛たちは興奮を抑えきれない。

住職は気づきもせず、宮田のことを喋りつづけている。

「傘寿を迎えられたにもかかわらず、拙僧も羨むほどのご壮健ぶりで、ご自身も興が乗れば能面を付け、舞っておしまいになる。なにせ、観世流を極めたお方ゆえ、その手さばき足さばきは見事と申すよりほかにありません。椿家に関心がおありなら、今宵の猿楽を堪能なされるがよい。ちなみに、今宵の曲は世阿弥の作ともいわれる『阿漕《あこぎ》』にございます」

「『阿漕』か」

盗人どもの栄華を祝うには、相応しい曲かもしれない。

住職は首をかしげ、おもむろに告げた。

「そういえば、先日も椿家のことをお訪ねになった方がおられました」

「え、それは」

「女人です」

丸髷の三十路年増で、武家女のようなきちんとした装いであったという。

「名はお聞きしませんでしたが、色の白い美しい女人でした。あ、そうそう、右目の下に泣きぼくろがありましたな。なにやら、儚げな顔をしておられた」

眸子を瞑《つむ》る住職をよそに、勘兵衛は鯉四郎や銀次と頷きあった。

訪ねてきた女は、瀬戸屋に奉公していたおもんにまちがいない。

勘兵衛たちと同様、力右衛門こと力蔵のつくった謡の意味を解き、大安寺までやってきたのだ。

「ご住職、女がやってきたのはいつ頃のはなしでしょう」

「かれこれ、半月ほど経ちましょうか。さよう、案内した墓石のうえに眉よりも細い月が出ておりました」

訪れたのが今月の二日だとしたら、その翌々日に催された傘寿の宴で力蔵は死んだことになる。

女は墓石の下に眠るものの正体を見破り、おのが目で密かに確かめたうえで、かねてより企てていた行動に移ったのかもしれない。

女の正体が知りたいと、勘兵衛はおもった。

そして、女の狙いを探るためにも、やらねばならぬことがある。

「ご住職、ひとつお願いがある」

「何でしょうな」

「椿家の墓を、曝かせてはもらえぬだろうか」

「な、何と仰せです。罰当たりな」

突如、住職は怒りで顔を真っ赤に染めた。

「やっぱり、だめかい」

無論、許しを得られないことはわかっていたし、ここからさきは寺社奉行の範疇《はんちゅう》であることも承知している。そればかりか、墓を曝いたところで何も出てこないであろうことも、勘兵衛には何となく予想できた。

それでも、墓を曝く意味はある。お宝が隠されていた痕跡さえみつけられれば、女の狙いは明確になるからだ。

「墓を曝くなどと、ほとけを冒瀆《ぼうとく》するにもほどがある」

頭から湯気をあげて怒る住職を尻目に、勘兵衛たちは能舞台へ足を向けた。

十二

神無月十五夜。

氷のような満月が、能舞台を蒼々《あおあお》と照らしだす。

客席から向かって左手に橋懸《はしがかり》が設けられ、手前には三ノ松から一ノ松まで植えられているものの、肝心の本舞台に屋根はなく、四本の柱もない。橋懸左手の揚幕寄りと正面の両袖に篝火《かがりび》が三つ焚《た》かれ、炎が生き物のように踊っている。

風があった。

身を切るような横風だ。

舞台を正面にのぞむ客席の床几には、頭髪の真っ白な翁《おきな》が座っていた。

醜く肥えたからだはくずれかけ、現世への執着を色濃く映した顔はおぞましげな尉面《じょうめん》でも張りつけたかのようだ。

宮田万之丞は猿楽を観ながら、配下の者たちに椿家の墓を掃除させていた。

おそらく、墓の下に隠された物に用事があるのだろう。

黄金の輝きを拝みたいがために、毎月、十五夜の月見供養と称し、寺の境内を借りて座興を催すのだ。

寺には、喜捨《きしや》がもたらされる。

祖霊を回向する舞いを披露するのであれば、住職にも拒む理由はない。

能舞台の周囲には、近在の檀家たちも大勢集まっていた。

数は百人を超えていよう。

勘兵衛たちは、客席の後列に立っていた。

宮田万之丞のまわりには、十余名からの供人たちが控えている。

いずれも、月代《さかやき》を剃った身なりのきちんとした侍で、伊予西条藩に属する番士であろうことは想像に難くない。藩の重職を退いても、宮田は隠然とした権力を保持している。そのことの証明であろう。

住職によれば、宮田はそのむかし、紀州藩の重臣であったという。

何かの事情で役を解かれ、枝藩ともいうべき西条藩へ転出したのだとすれば、どうしても十七年前の御金蔵破りと関連づけたくなる。

三万両とも目されるお宝を奪ったのは「椿」という姓を持った盗人であり、椿家の墓下にお宝が隠されていることを、宮田は知っている。

何か事があれば、使おうと決めているのだろうか。

それとも、ただ貯めておくことに生き甲斐を感じているのか。

金は人を狂わすというが、墓下に大金を隠して猿楽を舞わせるといった所業は、まさに、物狂いにしか考えつかぬものかもしれない。

宮田万之丞は微動だにせず、曲のはじまりを告げるお囃子《はやし》に耳をかたむけている。

職を解かれて遠国へ配流された在原行平のすがたを、みずからに投影させているのだろうか。

だとすれば、宮田はあまりに長く生きすぎたと言わねばなるまい。

今宵の演目は、ふたりの海女乙女が失った男を慕って舞う『松風』ではなく、漁労の禁を犯した罪に苛《さいな》まれる漁夫のはなしだ。漁夫の名から『阿漕』と付けられたその曲が選ばれた演目であることに、勘兵衛は因縁めいたものを感じた。

やがて、橋懸を滑るように漁夫の翁が登場し、伊勢参りに訪れたという旅の男に、阿漕が浦の由来を語りだす。

筋はこうだ。

むかしからこの浦は、大神宮の御膳を調《ととの》えるための網を入れるところなので、下々には禁漁となっていた。ところが、阿漕という漁夫がたびたび密漁をおこない、発覚して捕らえられ、罰として沖に沈められた。

それが阿漕が浦の由来だが、漁夫は地獄に堕ちた今も、禁漁を犯した罪に苦しんでいる。

じつは、それはわが身の上なのだと翁は明かし、疾風の吹く夕暮れの海に消えていく。

そこで中入となり、しばらくのち、旅人がふたたび登場して、哀れな漁夫を回向すべく法華経を読誦《どくじゅ》していると、阿漕の亡霊が四手網《よつであみ》を手にしてあらわれ、おのれの過ちと地獄での苦しみを舞ってみせる。

「……伊勢の海、清き渚のたまだまも、問うこそ便り法の声、耳には聞けども、なお心には、ただ罪をのみ持ち網の、波はかえって猛火となるぞや、あら熱や、耐えがたや、丑《うし》三つ過ぐる夜の夢、丑三つ過ぐる夜の夢、みよや因果のめぐりくる……」

狂おしくも美しい舞いは、観る者を幽玄の世界へ誘いこむ。

目に映るのは、蜷局《とぐろ》を巻いた篝火の炎と面を付けた阿漕の舞いだけだ。

それは闇のなかに浮かびあがり、頭上に月のあることさえ忘れさせた。

物狂いしたかのように激しく舞う「カケリ」の場では、笛や小鼓や太鼓の音色も一段と高まっていく。

「……火車に業を積む、数苦しめて目の前の、地獄も誠なりげに、恐ろしの気色や、おもうも怨めしいにしえの、おもうも怨めしいにしえの、娑婆の名を得し、阿漕がこの浦に、なお執心の、心引く網の、手馴れしうろくず今はかえって、悪魚毒蛇となって、紅蓮大紅蓮の氷に身を痛め、骨を砕けば叫ぶ息は、焦熱大焦熱の、焔煙雲霧、立居に隙もなき、冥途の責もたび重なる、阿漕が浦の罪科を……」

阿漕は罪の意識に苛まれ、噎び泣いているかのようだ。

「……助け給えや旅人よ、助け給えや旅人とてまた波に、入りにけり、また波の底に、入りにけり」

勘兵衛は我知らず、身を乗りだしていた。

遥か前方に座る宮田万之丞も、ぐっと首を差しだしている。

と、そのとき。

「はあ……っ」

絶叫とともに、橋懸の篝火が蹴倒された。

暗闇に人影が走り、客席中央の宮田に迫っていく。

「おのれ、奸臣《かんしん》め」

人影は叫び、懐中から白刃を閃《ひらめ》かせた。

長尺の刃物ではない。

剃刀だ。

「あっ」
銀次が駆けだした。
異変を察した観客たちが、まえからどっと逃げてくる。
その波に呑みこまれ、銀次のすがたは消えた。
勘兵衛は鯉四郎を楯にし、じりじりと前へ進んだ。
が、すでに、剣戟《けんげき》はおこなわれている。
刃音にまじり、供人たちの悲鳴も聞こえてきた。
宮田は供人ふたりに両脇を抱えられ、右端の篝火のほうへ逃げていく。
「待ちやがれ」
もはや、疑う余地はない。
剃刀を手にした男は、おいそれの通り名で呼ばれている与平にまちがいなかった。
なにゆえ、宮田の命を狙うのか。
縄を打ち、その理由を問わねばならぬ。
勘兵衛は観客の波を押しのけ、表舞台のそばまで走った。
「ぬぎゃ……っ」
断末魔の声とともに、与平の首が高々と飛ぶ。

血の滴る刀を握った男は、供人ではない。

むさ苦しい着物を纏った浪人だ。

「あれは」

かつて、瀬戸屋の用心棒をつとめた迫水源八郎であった。

「うろたえるな」

動揺する供人たちを制し、迫水が叫ぶ。

「拙者は大目付配下の隠密同心である」

と、意外な台詞を吐いた。

「宮田万之丞よ、御法度《ごはっと》の抜け荷によって私腹を肥やした罪は明々白々。もはや、言い逃れはできまい」

ぶんと血振りを済ませるや、迫水は刀を鞘に納めた。

そして、宮田のもとに意気揚々と近づいていく。

半信半疑の供人たちは、抗うこともできない。

そのとき。

山門のほうが、何やら騒がしくなった。

「ふわああ」

喊声《かんせい》とともに、物々しい装束の者たちがなだれこんでくる。

大目付の命を受け、寺社奉行配下の捕り方が総動員されたのだ。

捕り方は二隊に分かれ、一隊は墓のほうへ駆けていく。

椿家の墓を曝き、悪行の証拠《あかし》となるお宝を差し押さえるつもりなのだ。

宮田万之丞はとみれば、観念したのか、篝火の手前で床几に座したまま、じっと俯《うつむ》いている。

「残念だったな」

迫水は得意満面の顔で近づき、宮田の肩に手を掛けた。

その瞬間、老いたからだはかたむき、床几からずり落ちていく。

「うっ」

迫水はことばを呑みこみ、ひとりごとのようにこぼす。

「し、死んでいるのか」

勘兵衛は急いで身を寄せ、宮田が屍骸と化したことを確かめた。

墓のほうでは、役人たちが口々に叫んでいる。

「ないぞ。お宝はここにないぞ」

「何だと」

迫水は我に返り、蒼白な顔で顎を震わせた。

勘兵衛は屍骸の後ろ頭を調べ、盆の窪に小さな刺し傷をみつけている。

おいそれの与平を誘い水に使い、刺客は見事に目的を遂げていたのだ。

「阿漕か」

ふと、勘兵衛は表舞台へ目をやった。

閑寂とした薄闇のなかに、阿漕の付けていた能面だけが白々と残されていた。

十三

翌日、勘兵衛は小石川御簞笥町の裏長屋に、おくらを訪ねてみた。

おもんという女について、大安寺の住職に尋ねてみると、おもったとおり、面立ちもすがたかたちも、おくらとうりふたつだった。右目の下の泣きぼくろは、どうとでも小細工できる。

おくらが「狩り蜂」と称する盗人の仲間ならば、隠し金を狙ったとしても不思議ではない。だが、金を奪うだけなら、力蔵や瀬戸屋や宮田万之丞まで殺める必要はなかったはずだ。真の狙いは蜂が獲物を刺すように、三人の男を手に掛けることだったのではないかと、勘兵衛はおもった。

殺した理由は判然としない。本人に聞いてみるしかないが、長屋に留まっていることは期待していなかった。

勘兵衛はどぶ臭さに顔をしかめながら、隠れ切支丹の女が入水したという涸れ井戸の手前まで進んだ。

予想したとおり、薄暗い部屋に人気はない。

もう、何日も人が寄りついていない様子で、開けはなたれた破れ障子が風にぶるぶる震えている。

「仕方ねえ」

踵を返しかけたところへ、人の気配が立った。

涸れ井戸の陰から、見知った男が顔を出す。

「不浄役人め、またおぬしか」

ちっと舌打ちをしたのは、迫水源八郎だった。

勘兵衛は肩の力を抜き、皮肉な笑みを投げかける。

「大安寺では、とんだ恥を掻いたな。あれだけの捕り方を出張ってこさせたにもかかわらず、欲しいものは何ひとつ手にできなかった。縄を掛けるはずの爺さまにも死なれ、さぞかし口惜しかろうよ」

「ああ、口惜しいさ。役も解かれたしな」

「ほう、そいつはご愁傷さま。役を解かれた男が、どうしてここにいるんだ」

「中途半端で終わらせたくない性分でな。いろいろ、調べさせてもらった」

「それで、たどりついたさきが、ここだったわけかい」

「さよう。遠回りはしたが、おおまかな筋はわかった」

「ふうん、その筋とやらを教えてほしいな」

「よかろう。ただし、ひとつ条件がある」

迫水は脅しつけるように、のっそり近づいてくる。

「条件とは」

「隠し金の在処を教えろ」

「ふっ」

勘兵衛は笑った。

「なぜ、おれが知っていると」

「理由はない。そんな気がしただけさ」

「隠し金を手土産に、もういちど隠密に返り咲くつもりか」

「いいや。面倒な役目は、もう、こりごりだ」

「なら、どうする」

ふっと、迫水は笑う。

「余生をおもしろおかしく生きるのもよかろう」

「盗み金を奪う気だな」

「どうせ、世に出ぬ金だ。山分けせぬか。おぬしとは馬が合いそうだ」

「ふん、戯《ざ》れ言《ごと》を抜かすな」

勘兵衛は怒りを抑え、冷静になった。

「まあいい。おめえさんのはなしが聞く価値のあるものなら、隠し金の在処を教えてやろう」

「やはり、知っておったか」

迫水は、きらりと眸子を光らせた。

「宮田万之丞を殺ったのは、そこに住んでおった女だ」

能役者に扮して面を付け、仮舞台で見事に『阿漕』を舞ってみせた。松風亭の番頭与平を仲間に誘い、迫水たちの気を惹かせておきながら、まんまと殺しをやってのけたのだと、迫水は勘兵衛の描いたとおりの筋を語る。

「鮮やかな手口よ。五寸針を盆の窪に刺す傀儡刺し。刺客が女だったとは、さすがのわしも気づかなんだわ。松風亭の亭主と瀬戸屋の主人を殺めたのも、おくらという女だ。すべては因縁よ」

「因縁」

「ああ、そうだ」

十七年前、ささがにの力蔵率いる鬼蜘蛛一味は紀州藩の御金蔵を破り、三万両にのぼる大金をまんまとせしめた。おくらは「狩り蜂」の役目を負い、蔵を襲う二年前から鍵役人に近づいた。

「鍵役人の名は、各務勝之進《かがみかつのしん》という」

一刀流の免状を持つ、一本気な若侍だったらしい。

おくらは力蔵に命じられて各務に近づき、思惑どおりに見初められ、偽った武家娘の身分のまま、各務家の嫁となった。そして、一年余りのちに子を孕み、さらに十月が経過したとき、前代未聞の御金蔵破りは決行された。

おくらは夫の各務から、御金蔵の配置やら鍵の種類やら、ありとあらゆることを聞きだしていた。もちろん、そうした情報は得難いものであったが、それしきのことがわかったところで、御三家の御金蔵を破ることなどできようはずもない。

大掛かりな盗みには、黒幕がいた。

「黒幕とは」

「当時の勘定奉行さ」

御金蔵は勘定奉行の差配下にあった。差配する張本人が内部で手引きをしたのだとすれば、企てが成功しないはずはない。

「勘定奉行の名を聞いて、腰を抜かすなよ」

にやりと笑みを浮かべ、迫水はつづける。

「宮田万之丞だ。ふふ、驚いたか。ついでに教えてやろう。当時、蔵番の番士たちを束ねていたのは、組頭の佐々木弥十郎《ささきやじゅうろう》という男でな、こやつはのちに侍をやめ、廻船問屋になった。阿漕な手を使って、がっぽり儲けた。もっとも、今では店の残骸しか目にできぬがな」

「瀬戸屋磯兵衛か」

「そうだ。紀州藩の御金蔵破りは、勘定奉行の宮田万之丞と組頭の佐々木弥十郎がくわわったことで成功した。いや、むしろ、青図を描いたのは宮田ではないかと、わしは疑っておる」

紀州藩としては、盗人に城内へ忍びこまれ、いとも容易く御金蔵を破られた事実を、とうてい表沙汰にはできなかった。重臣たちのあいだで密議がおこなわれ、事実に蓋をすることに決したが、そうしたおり、鍵役人の私物から百枚の慶長小判がみつかった。さっそく照合すると、盗まれた金の一部と判明し、鍵役人は即刻切腹、家は断絶の憂き目をみることとなった。

「切腹した鍵役人は各務勝之進だ。もう、わかったであろう。組頭の佐々木に小細工を命じたのは宮田万之丞さ。鍵役人ひとりに罪を着せ、盗人に大金が盗まれたという事実を隠《いん》蔽《ぺい》したのだ」

各務は最初から、濡《ぬ》れ衣《ぎぬ》を着せるために選ばれた男だった。

そのことを、おくらは知らされていなかったにちがいない。

いずれ死ぬとわかっている相手のもとへ嫁ぎ、子まで孕んだとすれば、それは鬼の所業であろう。逆しまに、おくらにとって夫の死が予期せぬ出来事であったならば、非道な企てをおこなった者たちに恨みを抱いたことは想像に難くない。

十六の娘にしてみれば、二年の歳月は重い。

かりそめであったにしろ、おくらは各務を愛したのではあるまいか。

勘兵衛は、そうおもった。

一方、黒幕であった宮田万之丞は、御金蔵破りのあとどうなったか。

役目怠慢との理由から、勘定奉行の役を解かれた。が、それは当初から予想できたことであった。

「三万両と引換に、勘定奉行の地位を捨てたのさ」

紀州藩を離れたのち、ふたたび、宮田は表舞台に登場する。

盗んだ金と持ち前の悪知恵を駆使し、みずからを枝藩の西条藩へ売りこんだ。そして望みどおり、江戸留守居役という要職を射止めた。万全の地位を確保するや、密貿易に手を染め、藩を食い物にし、やりたい放題の十余年を過ごしてきたのである。

「ささがにの力蔵と佐々木弥十郎も、美味い汁を吸いつづけた。三人の結びつきは、十七年前の御金蔵破りに遡《さかのぼ》る。文字どおり、腐れ縁というやつよ」

大金を手にした力蔵は、盗人稼業から足を洗った。

右腕の与次郎を除く手下どもは分け前を貰って散り、おくらも離れていった。

もはや、勘兵衛は確信していた。

おくらは、どうしても納得できなかったにちがいない。

一本気な夫は罪を着せられ、自分はせっかく孕んだ子を手に掛けねばならなかった。

力蔵への恨みを募らせつつ、情けない自分の運命を呪ったことだろう。

悶々と悩みながら十七年の歳月が流れ、おくらは板橋宿で偶然にも力蔵と再会する。

そこで初めて、御金蔵破りのからくりを聞かされたのだ。

力蔵の背後に黒幕がいたことを知り、熾火《おきび》のように燃えていた怒りに火が点《つ》いた。

各務勝之進を罠に塡《は》めた者たちにたいし、名状しがたい恨みを抱いたにちがいない。

色仕掛けで力蔵を籠絡《ろうらく》し、松風亭の内儀におさまったのも、すべては恨みを晴らすための布石だった。

「十七年前、おくらは力蔵の情婦だったのさ」

と、迫水はせせら笑う。

板橋宿で再会し、焼け棒杭《ぼっくい》に火が点いた。

夢中になったのは、力蔵のほうだ。

「尻の青い小娘が、すこぶる良い女になっていた。おくらの熟れたからだに、力蔵は我を忘れた。そうでなければ、後添えに迎えた理由も、遺言状を書いた理由も説明できまい」

なるほど、そうかもしれない。

だが、それがどうしたというのだ。

「無論、女の狙いは隠し金さ。ついでに、瀬戸屋の蔵に眠るお宝も奪ってやろうと考えたにちがいない。だが、ひとりでは荷が重すぎる。そこで、おいそれの与次郎を抱きこんだ」

与平こと与次郎にも、不満はあったのだろう。

かつては世間をあっと驚かせた盗人が、毎日、帳簿を捲《めく》っているのだ。

それはすべて、力蔵のせいだ。力蔵が腑抜けになったからだと、おくらに吹きこまれ、その気になったのかもしれない。

ただし、瀬戸屋の蔵を襲ったのは与次郎の一存だったと、勘兵衛は読んでいる。

おくらがそれほど金に執着したとはおもえないからだ。

金貸しの安吉が懸念していたとおり、鬼蜘蛛の名をわざと裏の筋に流したのも、おくらであろう。惨い仕打ちを重ねる与次郎の動きを封じたかったにちがいない。

「おい、どうした」

迫水がじりっと身を寄せ、藪睨《やぶにら》みに睨みつけてくる。

「こっちのはなしは、これで仕舞いだ。つぎは、おぬしの番だぞ」

勘兵衛は、不敵な笑みを浮かべた。

「すまねえが、喋ることは何もねえ。一介の臨時廻り風情が、隠し金の在処を知っているとおもうか」

「女の行方は」

「知らぬわ」

「ふん、謀ったな」

迫水に躊躇はない。

撃尺の間合いを越え、刀の柄に手を掛ける。

が、それよりも一瞬早く、勘兵衛は懐中に飛びこんだ。

「うぬっ」

元隠密同心は柄を握ったまま、金縛りにあったように固まった。

勘兵衛の無骨な左手で、右手首をがっちり摑まれている。

しかも、顎下には、白刃の先端を突きつけられていた。

「老い耄れを舐めんなよ」

勘兵衛は素早く脇差を抜き、迫水の動きを抑えたのだ。

「わしを、どうする気だ」

「どうもしねえさ。おめえさんはまだ、何ひとつ悪事をはたらいちゃいねえ。だがな、ちょいと頭を冷やしたほうがいい」

勘兵衛はそう言い、すっと力を抜いた。

「おのれ」

解きはなたれた迫水は、刀を鞘走らせる。

「うっ」

と同時に、白目を剝いた。

脇差の柄頭が、鳩尾《みずおち》に深々と埋めこまれている。

迫水は膝を落とし、俯せに倒れた。

「おれとやりあうには、十年早えんだよ」

勘兵衛はぺっと唾《つば》を吐き、涸れ井戸に背を向けた。

一陣の旋風が吹き、三筋縞の裾を捲《まく》りあげる。

迫水源八郎に良心の欠片《かけら》が残っていれば、悪事をはたらく寸前で踏みとどまるにちがいない。まんがいち、一線を踏みこえ、悪党の端くれになったとしても、捕まえてやるだけのはなしだ。

「要は、おめえさん次第さ」

勘兵衛はどぶ板を踏みつけながら、おくらのことを考えた。

復讐をやり遂げ、魂の抜け殻になってはいまいか。

そのことが、案じられてならなかった。

十四

神無月十九日。

大伝馬町の路傍では、腐れ市が盛大におこなわれている。

恵比寿講に用いる小宮や神棚、三方《さんぽう》や小桶や俎板《まないた》などを売るのだ。

あるいはまた、店のまえに筵《むしろ》を敷き、門松に掛ける塩鯛や大根の浅漬けも売る。

大根は糠漬《ぬかづ》けが主流となるにおよび、べったら市などと呼ばれるようになったが、この大根の漬物が飛ぶように売れた。

御箪笥町の九尺店で一手交えて以来、迫水源八郎の気配は消えた。

おくらの行方も、隠し金の在処についても、みつける手懸かりは何ひとつない。

あきらめる気はなかったが、正直、虚しい努力をつづける気力もわかなかった。

「めえったな」

何となく市中の見廻りを終え、のんびり八丁堀まで戻ってきたところで、勘兵衛は静の後ろ姿を見掛けた。

四ツ辻を曲がり、向かったさきは、地蔵の祠だ。

勘兵衛は後ずさって去りかけ、踏みとどまった。

この際、はっきりさせておいたほうがいい。

先日とはうらはらに、気が急いていた。

「ままよ」

おもいきって踵を返し、大股で近づいていく。

「静」

つとめて明るく、声を掛けた。

振りむいた妻は、顔をぱっと明るくする。

「お帰りなされませ」

弾むような声を聞き、救われたおもいになった。

「どうした。こんなところで、何をしておる」

「はい。成仏できぬ子の霊を慰めております」

「それは、まさか、おぬしの」

勘兵衛の真剣な顔をみつめ、静はぷっと吹きだした。

「名も知らぬ方に、回向を頼まれたのですよ」

「まことか、それは」

静はこっくり頷き、囁くように語りはじめた。

「もう、半月もまえになりましょうか。色の白い三十路ほどの美しい方でした。右目の下に泣きぼくろがありましてね、そのせいか、何やら淋しげで」

おもわず、声を掛けてしまったのだという。

「このあたりでか」

「はい。お地蔵さまを拝んでおられました。放っておけなくて事情を尋ねたら、子を失った経緯を綿々と語ってくださいました」

静は少し間を置き、噛みしめるようにつづける。

「自分には、心からお慕いする旦那さまがあった。子を身籠もったときは嬉しくて、天にも昇るような気分だった。かならずや無事に産みおとし、立派に育ててあげようとおもったと、その方は仰いました」

だが、女は子をあきらめねばならなかった。

空腹を満たすために偸盗《ちゅうとう》の禁を犯し、人の道を外れてしまった。阿漕が浦の漁夫のように、夜ごと罪の意識に苛まれ、地獄の劫火に焼かれる夢ばかりみていた。そうした自分に訪れた、たったひとつの希望は、胎内に宿った新しい命だった。

が、やはり、子を産んで育てることは叶わぬ望みにすぎなかった。

女は静に、そう告げたらしい。

「悪党仲間に詰《なじ》られ、子を産んではならぬと諭されたのだそうです。泣く泣くしたがった自分が莫迦《ばか》だった。それから、十七年もの歳月が流れたが、いまだに成仏できぬ子の霊が『なぜ殺したのか』と責めたてる。そう仰り、嗚咽を漏らしたのです」

自分のはなしに心を砕いていただけたなら、神々が出雲へ去った神無月のあいだだけでも、日に一度回向をお願いできないか。

そんなふうに請われ、静は地蔵を熱心に拝んでいたのだ。

勘兵衛は安堵《あんど》しながらも、おくらの意図を探っていた。

もちろん、静に近づいたのは偶然ではあるまい。

静を介して、勘兵衛に何らかの意図を伝えたかったのだ。

「勘兵衛さま、どういたしました」

「ん、哀れなおなごのことをおもっていたのさ。そのおなご、どこへ向かうとも告げなかったであろうな」

「いいえ」

「告げたのか」

「はい。江戸で用事を片付けたあと、四国へ巡礼の旅に出たいと、そう仰いました」

「四国へ」

「はい。お守り代わりに、これをお渡しに」

静は懐中から、赤い布に包まれたものを取りだした。

布をひらくと、ふたつに折った和紙が入っている。

「それは」

「押し花です」

和紙をひらいてみると、薄紅色の押し花がそこにあった。

「姫椿ですよ」

「え」

「何でも、十七年前に亡くなられた旦那さまのご家紋だったとか」

「これを、おめえに託したのか」

「捨ててもいいと仰いました。でも、捨てられるはずがありません」

目を潤ませた静の手から、赤い布がはらりと落ちた。

横風に拾われた布は、地蔵のほうへ飛んでいく。

「あっ」

勘兵衛はおもわず、声をあげた。

端の破れた赤い布は、前垂れにちがいない。

それは、御箪笥町の石地蔵の首に掛けてあった。

おくらは押し花とともに、赤い前垂れを静に託したのだ。

前垂れの意味するところは、いったい何か。

勘兵衛は、咄嗟に合点していた。

顔つきの変わった夫を、静は心配そうに覗きこむ。

「いったい、どうなされたのです」

「すまぬ。ひとつ用事をおもいだした」

「急用ですか」

「ふむ。夕餉までには帰る」

「お待ちを。夕餉は、勘兵衛さまの大好きな千六本のお味噌汁にいたしましょう」

「そいつは楽しみだ。べったら漬けも付けてくれ」

「大根づくしですね」

「ふふ、それもよかろう。ではな」

「行ってらっしゃいませ」

物淋しげな静を残し、勘兵衛は海賊橋のほうへ戻っていった。

十五

遠くで鴉《からす》が鳴いている。

川端の道は薄暗く、行き交う人影もない。

御箪笥町の祠まで来てみると、おもったとおり、石地蔵は赤い前垂れを掛けていなかった。

勘兵衛は地蔵の周囲を丹念に調べ、台座が動かされた形跡をみつけた。

「すまぬ、許してくれ」

手を合わせて謝り、地蔵を抱えて横たえる。

台座を少しずらすと、冷気に鼻を擽《くすぐ》られた。

穴が穿《うが》たれている。

「うしゃ」

腰を屈め、台座をひっくり返す。

「お」

ひとがひとり、滑りこめるほどの穴があった。

用意した龕灯《がんどう》を胸に抱え、おもいきって飛びこむ。

すぐさま、底に足がついた。

真っ暗だが、風の流れはある。

横穴で、どこかへ通じているのだ。

龕灯に火を灯した。

奥行きは、存外に深い。

天井も低いわけではなく、背中を丸めれば歩けそうだ。

勘兵衛は迷わず、横穴をさきへ進んだ。

左の壁から、地下水が滲みだしている。

土壁は岩盤のように硬く、一朝一夕で掘られた穴でないことはあきらかだ。

天井が緩やかに高くなり、やがて、背を丸めずに立っていられるようになった。

さらに進むと、二畳ぶんはあろうかとおもわれる空洞があらわれ、抹香《まっこう》臭い匂いが漂ってくる。

さっと、龕灯を向けた。

平らな石のうえに、祭壇が築かれてある。

「うぬ」

勘兵衛はたじろぎ、身を反《そ》らした。

祭壇に飾られていたのは、切支丹の奉じる聖母像であった。

この辺りに住む年寄りに聞いたことがある。

そのむかし、小石川の随所には、切支丹を監禁する地下牢や水牢があった。

ほとんどは埋めつくされてしまったが、一部は残り、切支丹の隠れ場に使われたのだろう。まさに、ここがそうだ。

勘兵衛は高鳴る動悸《どうき》を抑え、龕灯で周囲を照らしてみた。

「ん」

息を呑む。

千両箱が積みあげられていた。

「ひい、ふう、みい……」

二十個は優にある。

「……あっ」

千両箱の陰に、白い脚がみえた。

女の脚だ。

「おくらか」

急いで身を寄せ、龕灯をかたむける。

仰向けの屍骸は、やはり、おくらだった。

はだけた左胸には、五寸針が刺さっている。

みずから、命を絶ったのだ。

「おくら」

襟を直してやると、屍骸の手許から文が落ちた。

拾いあげてみれば、宛名に「うぽっぽの旦那」とある。

勘兵衛がここに来ることを、最初から予期していたにちがいない。

震える手で、文をひらいた。

拙《つたな》い仮名文字が書かれてある。

――おたからは、まずしいひとびとのためにおつかいください。かってなおねがいをすみません。くら。

犯した罪を贖《あがな》う術もみつけられず、命を絶つことでしか解決できなかった。

そうした女の不幸な運命に、勘兵衛は同情を禁じ得ない。

善の心がわずかでも残っていれば、人はかならず再起できる。

そう信じて疑わない勘兵衛にとって、おくらの死は悲しすぎた。

「おめえの気持ちは、江戸町奉行さまにしっかり伝えておくぜ」

勘兵衛は経を唱え、風の吹きこむほうへ進んでいった。

しばらく背を丸めて進むと、いきなり天井が抜けた。

見上げてみれば、星が燦然《さんぜん》と瞬いている。

「涸れ井戸か」

どぶ臭い九尺店の涸れ井戸にまちがいない。

おくらが引っ越した意味も、ようやくわかった。

盗人の嗅覚で切支丹の隠れ場を探しあて、お宝の隠し場所に使おうと考えたのだ。

「どこまでも賢けえ女だな、おめえは」

呼びかけても、おくらの返事はない。

勘兵衛の耳には、破れ障子が夜風に震える音だけが聞こえていた。

あやかり神

一

神田白壁町。
天に月はない。
凍えるような闇が町を覆っている。
――うおおおん。
山狗《やまいぬ》の遠吠えが響いた。
ひたひたと跫音《あしおと》がして、四ツ辻の手前でぴたりと止まる。
柿色装束の盗人《ぬすっと》が三人、黒板塀に張りついた。
しんがりの惣次《そうじ》が囁《ささや》く。

「おとっつあん、どうも嫌な予感がする」

やにわに、拳骨《げんこつ》が飛んできた。

ごつっと鈍い音がし、惣次の頭は真っ白になる。

撲《なぐ》ったのは父の惣六《そうろく》ではなく、隣に立つ兄の惣太《そうた》だ。

首を振って正気に戻ると、惣太が覗《のぞ》きこんできた。

「姉さんが失敗《しく》じるはずはねえ」

「そりゃそうだけど」

「腰抜けめ、いつになったら一人前になるんだ。恐《こえ》えなら、尻尾を丸めて帰《け》えれ」

低声《こごえ》で叱りつける兄の肩を、後ろから父が大きな手で引きよせた。

「揉《も》めてるときじゃねえ。惣太よ、さきに行って様子を窺《うかが》ってこい」

兄は頷《うなず》き、疾風《はやて》のように駆けていく。

惣次は壁に張りつき、父のことばをおもいおこした。

——いいか、狙う相手は悪党の手本みてえなやつだ。丸裸にしたって、これっぽっちも心は痛まねえ。忘れるな、おれたち毘沙門《びしゃもん》一家は義賊なんだ。けっして、善人からは盗まねえ。盗んだお宝は貧乏人にお裾分《すそわ》けする。そいから、何があっても刃物を出しちゃならねえ。そいつが掟《おきて》だ。わかったな。

ふたたび、山狗の遠吠えが聞こえてきた。

「合図だ」

父につづき、惣次も闇に溶ける。

三人は合流し、藍染川の川端までやってきた。

往来を挟んだ正面に、狙う商家は建っている。

屋根看板には金泥の文字で『平賀屋』とあった。

刀剣に古具足、茶器や花瓶、仏像や仏具などを扱う骨董商いの大店《おおだな》だ。

遺品などの大切な品を、相手の弱味につけこみ、えげつないほど値切って買いたたくところから、骨董商は「見倒屋《みたおしや》」などとも呼ばれている。

三人は音もなく往来を横切り、戸口の脇に張りついた。

狙う金蔵は母屋の奥に配され、二重鍵に守られている。

だが、案ずることはない。

三月《みつき》前から、下女に化けた姉のおみちを潜りこませてある。

金蔵の絵図面も描けたし、合い鍵も二本つくった。

周到に仕度を整え、神無月晦日《みそか》の今宵を迎えたのだ。

なにしろ、蔵には千両箱のほかに「金では買えないようなお宝」が眠っている。「それを奪いかえさないかぎり、死んでも死にきれない」と父はつぶやいたが、お宝の正体は父も兄も教えてくれない。小判でないことだけは確かだった。

いずれにしろ、今宵の大仕事をやり遂げたら、父は足を洗うと約束してくれた。

――なあご。

兄の惣太が野良猫の鳴き声をまねる。

少し間があり、戸が音もなく開いた。

緊張の面持ちで、戸口を睨《にら》みつける。

女の白い腕が差しだされ、手招きしてみせた。

――おみち姉。

惣次は、胸の裡《うち》でつぶやいた。

二十五の姉は七つも歳の離れた自分を、猫可愛がりしてくれた。赤ん坊のころに病気で逝《い》った母親の代わりに、いつも兄弟の世話を焼いてくれた。優しい姉に危ない役目を負わせる父親のことが、惣次はあまり好きではない。

言いたいことはいくらでもあったが、口に出したそばから撲られる。

だから、今宵も黙って従った。

「行くぞ」

父と兄につづいて、惣次も建物のなかへ吸いこまれた。

「あっ」

父が叫んだ。

土間に佇《たたず》む娘は、姉のおみちではない。
十五、六の小娘だ。
姉さんはいったい、どうしちまったのだろう。

娘はくるっと背中をみせ、着物の裾をたくしあげるや、上がり端《はな》へ飛びうつる。

「はめられた」

兄が叫んだ。

と同時に、正面から強烈な光を照らされた。

「うっ」

龕灯《がんどう》だ。眩《まぶ》しい。

「盗人め、飛んで火にいる何とやらだ」

小狡《こずる》そうな狐顔の商人が、板間のうえでせせら笑っている。

「おのれ、見倒屋」

父は両手をひろげ、兄弟を守るように身構えた。

見倒屋の背後から、大柄の浪人が飛びだしてくる。

「死ね」

白刃が閃《ひらめ》き、逆落としに襲いかかった。

「うわっ」

父が袈裟懸《けさが》けに斬られ、どうっと土間に倒れる。

「しゃらくせえ」

兄が懐中に手を入れ、抜いてはならぬと命じられていた匕首《あいくち》を抜く。

白刃と白刃がぶつかった。

激しい火花を散らす。

兄は鍔迫《つばぜ》りあいを演じながら、大声で喚《わめ》いた。

「後ろの戸をぶち破れ」

命じられたとおり、惣次は無我夢中で頭から突っこむ。

戸板が吹っ飛び、もんどりうって外へ転がった。

と、そこに。

大勢の破落戸《ごろつき》どもが待ちかまえていた。

「出やがったぞ」

「逃がすんじゃねえ」

「死にさらせ」

やにわに、段平《だんびら》が振りおろされ、肩口を掠《かす》める。

「退《ど》け」

後ろから、兄が飛んできた。

「こんにゃろ」

突きだされた匕首が、破落戸の腹を剔《えぐ》る。

「ぬぐ、ぐぐ」

兄は返り血を浴び、血達磨《ちだるま》になって絶叫した。

「逃げろ、早く逃げろ」

みずからは匕首を振りまわし、破落戸どもを斬りつける。

惣次は隙を衝《つ》き、身軽なからだで屋根へ逃れた。

「逃げたぞ。梯子だ、梯子」

下の連中の動きは、捕り方のように水際だっている。

逃げたい気持ちを抑え、惣次は眼下を振りかえった。

「兄《あに》さん」

さきほどの用心棒が、惣太の背後にのっそり迫る。

「危ねえ」

「ぬおっ」

つぎの瞬間、惣太の生首が宙へ高々と飛ばされた。

「あっ、兄さん」

生首は軒にぶつかり、道端の暗がりを転がっていく。

一方、首無し胴は意志のある者のように、がっくり膝をついた。

「か、堪忍してくれ」

惣次の目には、斬り口がはっきりみえた。

それは輪切りにした蓮の穴のようだった。

刹那《せつな》、びゅっと、穴から血が噴きだした。

屋根に掛かるほどの勢いで、大量の血が迸《ほとばし》る。

「ひ、ひぇええ」

惣次は眸子《まなこ》を剝《む》き、悲鳴をあげた。

「それ、捕まえろ」

大屋根に梯子が掛かり、追っ手どもが登ってくる。

——逃げろ、早く逃げろ。

惣次は兄の叫びを胸に繰りかえし、大屋根のうえを一目散に駆けぬけた。

二

翌、霜月朔日《ついたち》の午後。

勘兵衛は木漏れ日の射す縁側に座り、胡麻塩《ごましお》頭の弥平《やへい》と将棋盤を囲んでいた。

「ほんじゃ、うぽっぽの旦那。この桂馬、取らしていただきやしょう」

「取っちまうのか」

「へへ、桂馬の高転びってやつで。すいすい調子よく進むやつにかぎって、誰かに頭を叩《たた》かれる。運良く叩かれずに進んでも、さきがねえときてる」

「それが世の中ってもんだな、うん」

「肝心なのは、目立たず地道に生きること」

「でもよ、弥平。桂馬だって裏返りゃ金になれんだぜ」

「へへ、そうなっちまうと、手に負えねえ」

「だろう」

ぱちり、ぱちりと、駒を置く小気味よい音が響き、それに呼応するかのように鵯《ひよどり》がうるさく鳴きだす。

「ちっ、また来やがった。忌々《いまいま》しいったらありゃしねえ」

「どうしてです」

「ほら、みてみな。ああして、藪椿《やぶつばき》の実を食っちまう。ひとがせっかく丹精込めて植えた花を、ぜんぶ駄目にしやがるんだ」

「旦那。ひとつ、教えてくだせえ。盗人と鵯、どっちが憎たらしいですかね」

「似たようなもんだが、盗人にゃ可愛げのあるのもいる」

勘兵衛はほくそ笑み、ぱちりと角を置いた。

「ほれよ、王手飛車取りだ」

「うえっ、引っかけられた。こりゃめえったな」

弥平は口惜《くちお》しがり、懸命に防ぎの一手を考える。

八丁堀水谷町の閻魔店《えんまだな》で「あやかり神」と呼ばれる大家の弥平は、そもそも「聖天《しょうてん》の弥平」の異名を持つ盗人だった。

善人からは盗まず、悪徳商人の蔵だけを狙う。手並みは鮮やかで、家人にも奉公人にも気づかれず、盗んだ金は貧乏長屋にばらまいてみせる。義賊を気取った盗人は、貧乏人たちから神仏の再来と拝まれ、一時は江戸を席捲《せっけん》したこともあった。

ところが今から十年前、表舞台からぷっつり姿を消した。盗んだ金をばらまいていたので蓄えも少なく、引退する理由はないようにおもわれたのに、裏の世界から忽然《こつぜん》と消えたのだ。

一度も捕まらずに足を洗ったためずらしい盗人ゆえに、運にあやかりたいと願う盗人も多かったと聞く。

だが、すべてはむかしのはなしだ。

勘兵衛と弥平は、妙に馬が合う。

近頃はこうして、たまにやってきては、何番か将棋を指していった。

「旦那、その手は待っちゃいただけやせんか」

「いいぜ。ただし、待った一回は銚子一本のおごりだ。それも安酒じゃ許さねえ。下り物の生諸白《きもろはく》じゃなきゃな」

「勝負となりゃ鬼だな」

「鬼の目にも涙ってことばもある」

「たとい罪を犯した悪党でも、情にほだされりゃ見逃してやる。なるほど、うぽっぽの旦那にぴったりのことばだな」

「人が悪に染まるにゃ、それなりの事情ってもんがある。おれはよ、その事情ってのが知りてえのさ」

「事情が事情なら、裁きに手心をくわえなさるんですかい」

「慈悲の安売りはできねえが、救わなきゃならねえときもある」

法度《はっと》を破ってまで誰かを救う以上、後々まで面倒を引きずることはあった。

それでも、勘兵衛はこうとおもったら、まげずに仕舞いまでやりとおす。

「しかも、目こぼし料を一銭も受けとらねえときた」

「あたりめえだろう。金を貰ったら、十手持ちの志が挫《くじ》けちまう。志を無くしちまった十手持ちは、始末に負えねえ」

「さすが、旦那は晦日の月も同じだぜ」

「晦日の月」

「袖の下を拒むお役人は、それほどめずらしいってことですよ」

「ふふ、おめえの言うとおり、よほどのお人好しか、役立たずだろうな。上役にゃ疎《うと》んじられ、若え者にゃ小莫迦《こばか》にされ、奉行所の連中に言わせりゃ、長尾勘兵衛は役立たずの阿《あ》呆《ほう》廻りさ」

実際に救われたものでなければ、勘兵衛の高潔さは理解できまい。

じつは、弥平も救われた者のひとりであった。十年前に恋女房を病《やまい》で亡くし、生きる気力を失った。死のうとおもい、梁《はり》に通した縄を首に掛けたところへ、ひょっこりあらわれた勘兵衛に助けられたのだ。

「おめえは悪徳商人から金を盗み、貧乏人にばらまいていた。義賊を気取っていやがったが、お上に通用するはずはねえ。おれはおめえの尻尾を捕まえ、縄を打ちにいった。とこ ろが、聖天の弥平は魂の抜け殻になっていやがった。牢屋へ送ったら三日と保《も》たねえ。そ れがわかったら、縄を打つ気も失せやがった。今でも後悔しているぜ。十手持ちなら、心を鬼にしてでも、あそこは縄を打つ場面だった」

「へへ、あんとき、旦那はひとこと仰《おっしゃ》った。『おめえが死んだら、あの世で女房が悲しむぜ』と。そいつを聞いて、あっしは目が醒《さ》めたんだ」

「そうだっけな」

「あっしは、旦那のお気持ちが嬉しかった。だから、金輪際、盗みはしねえと誓ったんで さあ」

弥平は洟《はな》を啜《すす》り、声の調子を高くする。

「盗人をこんなふうに生かすおひとは、後にも先にも旦那しか知らねえ。お上にもお慈悲はある。そいつは、うぽっぽの旦那なんだって、あっしは世の中の盗人どもに声を大にして言いてえんだ」

「やめとけ。きれいごとの通じる世の中なら、おれみてえな十手持ちはいらねえさ」

「わかっておりやす。旦那を晒《さら》し者にする気はありやせんや」

生きのびたあと、弥平には運が向いてきた。

目黒不動尊の富籤《とみくじ》で一等を当て、百両もする閻魔店の大家株を手に入れたのだ。

以来、悠々自適の暮らしをつづけ、店子にも慕われている。

「おめえの運にあやかりてえと、店子になりてえのが列をなしているらしいな」

「店子にもいろんなのがおりやしてね、あっしひとりじゃ面倒みきれやせんや」

「だから、新しい女房を貰えってんだよ」

「やっぱり、いいもんですかい。新しい女房ってな」

「おれに聞くな」

「あ、こりゃどうも、すみません」

弥平も、長いこと失踪していた静のことは知っている。

「旦那がそう仰るんなら、考えてみようかな」

「ああ、そうしな。まだ遅くはねえさ」

所帯を持ち、子宝にでも恵まれれば、生きていく張りあいも生まれてこよう。

「還暦過ぎて子ができるなんて、恥ずかしいな」

「孫だとおもえばいいさ」

「やっぱり、孫ってな可愛いもんですかい」

「そりゃな」

弥平は、何やらおもいつめた顔をする。

「どうしたい。死んだ女房のことが忘れられねえのか」

「い、いいえ。そのことじゃねえんで」

「ほう。なら、何だ。恐え顔しやがって。悩みがあんなら、はなしてみな。腹にためとくのが、いっちよくねえ」

「てえしたこっちゃありやせん」

手を振る弥平の様子を、勘兵衛はそれとなく窺う。

「そうはみえねえがな。おめえの顔にゃ、喋《しゃべ》りてえ、喋ってすっきりしてえって、そう書いてあるぜ」

「わ、わかりやすか」

「ああ、わかるさ。何年のつきあいだとおもってんだ」

「へへ、嬉しいな。旦那にそうやって心を許していただけるだけで、あっしは幸せなんですよ」

弥平は我慢できず、涙を零《こぼ》しはじめる。

「す、すみません。情けねえところ、みせちまって」

「おめえも、すっかり涙もろくなっちまったな。ま、無理は言わねえ。喋る気になったら、喋りゃいいさ。おれもな、その歳でおめえが道を外すとはおもっちゃいねえよ」

ぺこりと頭をさげる弥平の顔は、何やら急に老けこんでしまったかのようだ。

「旦那、ありがとうごぜえやす」

「それはこっちの台詞《せりふ》だぜ。ほれ、玉が詰んだ」

「うえっ、やられちまった」

弥平は陽気に発したあと、物悲しげに笑ってみせた。

三

二日後の朝。

丑《うし》ノ刻あたりから降りはじめた雨が、枯れ柳を濡《ぬ》らしている。

藍染川に架かった弁慶橋のたもとに、女の水死体が浮かんだ。

神田周辺を見廻っていた勘兵衛が駆けつけてみると、岡っ引きの銀次がひと足早くたどりついていた。

「旦那、先客がおりやす」

銀次が顎《あご》をしゃくったさきに、貫禄のある四十前後の岡っ引きが立っている。

藍染の左源太《さげんた》、神田では名の知られた男で、地元の荒くれどもを束ねる親分でもあった。町奉行所のお偉方とも親交があるせいか、廻り方の同心など歯牙《しが》にも掛けない風情だ。

「面倒な野郎が出張ってきやがった」

さすがの銀次も、左源太とは揉めたくないらしい。

だが、勘兵衛はまったく気に掛けず、大股でどんどん近づいていった。

「邪魔だ、そこを退け。ほとけがみえねえじゃねえか」

「へへ、誰かとおもえば、うぽっぽの旦那じゃござんせんか。どうして、神田くんだりまでいらしたんです」

「どこをほっつき歩こうが、こっちの勝手だろうが。ちょいと、ほとけの顔を拝みにきたのさ」

ふんと鼻を鳴らし、左源太はふてぶてしい態度をとる。

「拝むことはありやせんぜ」

「どうして」

「この一件は、小野寺《おのでら》の旦那に申しあげておきやした」

「定廻りの小野寺軍内《ぐんない》か」

「へい」

中堅どころの廻り方で、袖の下を貰えば何でも適当に受けながす術《すべ》を会得している。事を大袈裟にしたくない連中にとっては重宝な相手だが、勘兵衛とは当然のように反《そ》りが合わない。

「それで、小野寺に何と伝えたんだ」

「入水《じゅすい》でやすよ。どこかの下女が世を儚《はかな》み、冷てえ夜の川に飛びこんだ。それだけのはなしで」

「それだけのはなしか。ま、いいや。ほとけを拝ましてもらおう」

勘兵衛が進もうとすると、左源太の手下どもが壁となって阻もうとする。

それを両手でこじ開け、ほとけの寝かされた川端へ足を運んだ。

銀次もつづく。

「旦那、後悔しやすぜ」

左源太が、おもわせぶりな台詞を吐いた。

気にも掛けず、ほとけを覆った筵《むしろ》を捲《めく》る。

慣れた手つきで調べているあいだ、左源太たちは殺気を漲《みなぎ》らせながら遠巻きに囲んでいた。

ほとけは二十四、五の痩せた女だ。

大きな目を瞠《みは》り、虚空をみつめている。

瞳は白濁しかけているものの、くっきりした目鼻立ちといい、生前はさぞかし別嬪《べっぴん》だったにちがいない。

なるほど、死因は水死のようだが、勘兵衛はすぐさま異変に気づいた。

ほとけの瞼《まぶた》を閉じてやり、ふうっと溜息《ためいき》を吐《つ》きながら、重そうに尻を持ちあげる。

「銀次よ、みてみな。手足の生爪がぜんぶ剝《は》がされているぜ」

左源太にも聞こえるように、大声で指摘してやる。

「こいつは責め苦を受けたあげく、殺《あや》められたにちげえねえ」

「仰るとおりで」

勘兵衛は銀次と頷きあい、左源太に向きなおる。

「こいつは殺しだぜ。てめえ、何で隠そうとしやがった」

「町の連中が恐がりやす。波風を立てたくねえんですよ」

「たかが岡っ引き風情が、驕《おご》ったことを言うんじゃねえ」

「それじゃ、旦那はどうするおつもりで」

「おつもりもくそもねえ。こいつはおれのヤマだ。小野寺軍内にいくら摑《つか》ましたか知らねえが、おれの目の黒いうちは勝手なまねはさせねえ」

「ふん、老《お》い耄《ぼ》れめ」

左源太は横を向き、ぺっと唾《つば》を吐く。

「何か言ったか」

「いいえ。うぽっぽの旦那は同心の鑑《かがみ》だって言ったんですよ」

「そうかい。だったら、ついでに教えてもらおうか。てめえ、ほとけの素姓を知ってんな。手間あ掛けたくねえんだ。ほら、喋ってみな」

左源太は渋々ながら、応じてみせる。

「白壁町の平賀屋は、ご存じですかい」

「見倒屋だろう」

「へい。ほとけは平賀屋の下女で、おみちと言いやす」

三月ほどまえから、住みこみで下女奉公をしていた。

「平賀屋には、このことを伝えたか」

「疾《と》うに使いを走らせやしたよ」

「よし、あとはこっちで引きうける」

周囲に不穏な空気が膨《ふく》らんだ。

勘兵衛は目付きの鋭い手下どもを押しのけ、藍染川の縁を歩きはじめる。

しばらく歩いて足を止め、後ろの銀次に問いかけた。

「あの野郎、どうおもう」

「何か隠しておりやすね」

「ふむ。平賀屋ってな、あんまり評判のよくねえ男だな」

「ええ、左源太に輪を掛けた、太え野郎でさあ」

「ともかく、あたってみるか。おめえは聞きこみにまわってくれ」

「合点で」

勘兵衛は白壁町で銀次と別れ、ひとりで『平賀屋』へ向かった。

四

骨董屋の敷居をまたぐと、店のなかは静まりかえっていた。

「何だか、臭えな」

血腥《ちなまぐさ》さと汗臭さの入りまじったような臭いだ。

勘兵衛は上がり端の片隅に目を留め、屈《かが》んで顔を近づける。

「血痕か」

新しい血痕だった。

気をつけてみると、土間の表面も一部が削られたままになっている。

勘兵衛は長年の経験から、ここに夥《おびただ》しい血が流れたのではないかと勘ぐった。

「お役人さま、何かご用で」

「お、手代か」

「へえ」

「近頃、何か変わったことは」

「別に、これといって」

「ねえか」

「へえ」

顔に嘘だと書いてある。

ともかく、主人に取次を請うた。

しばらくすると、狐顔の主人が奥から顔を出す。

「手前が、平賀屋権十《ごんじゅう》にございます」

「おれは臨時廻りの長尾勘兵衛だ。何の用で来たかは、わかってんな」

「そりゃもう」

と言いつつ、権十は小さな白い包みを床に滑らせた。

「何だ、そりゃ」

「山吹で。ご用件というのは、これでござりましょう」

「ふふ、見倒屋。てめえ、おれがどういう男か知らねえな」

「はあ」

てらてらした月代《さかやき》を一発、引っぱたきたくなってくる。

「仰る意味がわかりませんて面だな。不浄役人なら誰でも、袖の下が通用するとおもうなよ」

不審げな狐顔が掻《か》き曇り、悪人面に変わった。

勘兵衛は気を逸《そ》らすように刀を鞘《さや》ごと抜き、上がり框《かまち》に尻を掛ける。

「茶でも出さねえか」

「へえ、ただいま」

小女《こおんな》が呼ばれ、茶を仕度するまでのあいだ、勘兵衛はぐるりと店のなかを眺めまわした。骨董商らしく、刀剣や槍や具足などが飾られているものの、ひときわ目を惹《ひ》くのは、表口の脇に鎮座した不動明王の木像だ。等身大だけに、迫力がある。

「そいつは何だ」

「今から五百年前、鎌倉初期の仏像でして、一説には運慶《うんけい》の作とも言われております」

「ふうん」

勘兵衛は指に唾をつけ、眉を撫《な》でつける。

「何年かまえ、さる御旗本がお持ちになりました」

「いくらで買った」

「それは申しあげられません。ご想像におまかせしますよ」

「ふん、まあいいや」

小女が茶を運んできた。

白い手がわずかに震えているのを、勘兵衛は見逃さない。

「ありがとうな。おめえ、名は」

「おもとです」

「歳はいくつだ」

「十四です」

「住みこみかい」

「へえ」

「そうかい」

頷きながら、ずずっと茶を啜る。

「うん、美味《うめ》え茶だ。住みこみなら、何かと苦労も多かろう。何かあったら、八丁堀の長尾勘兵衛を訪ねてきな。わるいようにはしねえ」

真心を込めた眼差しを向けると、おもとはおもわず目を伏せた。

口を真一文字に結び、じっと固まっている。

「もう、さがっていいぜ」

「へえ」

おもとはほっと緊張を解き、俯《うつむ》いたまま奥へ引っこんだ。

不浄役人に馴《な》れていないのか、それとも、何か喋りたいことでもあるのか。判然としないが、いずれじっくりはなしを聞く機会も訪れよう。

権十は溜息を吐き、面倒臭そうに問うてきた。

「旦那、ご用件ってのは何です」

「おみちだよ。弁慶橋のたもとまで行って、ほとけを拝んできたぜ」

「ま、まことですか」

「ああ、藍染の左源太は拒みやがったがな、きっちり検屍をしてやった。ありゃ、殺しだぜ」

ふいにことばを投げかけ、相手の様子を窺う。

権十は戸惑うだけで、驚きはしなかった。

「そ、そうでしたか」

「おめえ、まさか、わかっていたんじゃあるめえな」

「滅相《めっそう》もございません。ただ」

「ただ、何だ」

「おみちは、妙な連中とつきあっておりました」

「妙な連中」

「はい。近所のお稲荷《いなり》さんでふたりの男と別々の日に逢っていたのを、うちの連中が見掛けております」

「ふたりの男」

「妙なはなしだとおもったのですが、そのまま放っておきました。ひょっとしたら、その連中に殺められたのかもしれません」

「左源太にも、そう言ったのか」

「いいえ」

「だろうな」

入水で済ませようとしている相手に、わざわざ苦しい言い逃れをする必要はない。

「おみちは、三月前に雇ったそうだな」

「へえ」

「どっからの紹介だ」

「近所の口入屋ですよ。そもそもは信濃の椋鳥《むくどり》でしたが、数年前から江戸に居着いちまったらしくて、みてくれもいいし、気も利きそうだし、口入屋の旦那が請け人になるって仰るし、それだったらということで、住みこみで働いてもらうようになりました」

「雇ってみて、どんな娘だった」

「おもったとおり、気の利く娘でしたよ。年下の連中の面倒見も良いし、奉公人たちにも好かれておりました」

「そうかい。だったら、おめえだって悲しいだろうよ」

「そりゃ悲しいですけど、死んじまった者は戻ってきませんから」

「冷てえ野郎だな、おめえは」

「そうですか。ま、どうとでも仰ってくださいな」

厚顔ぶりを隠しもしない平賀屋に、勘兵衛は怒りをおぼえた。

「まあ、いいや。おみちのことはわかった。昨晩とか一昨晩とか、何か変わったことはなかったかい」

「別に、ございませんが」

「そうか。よし、今日のところはこれくれえにしといてやろう」

「今日のところは、ですか」

「ああ、また寄らせてもらう」

「承知しました。いつでもどうぞ」

平賀屋権十は心にもない台詞を吐き、白い包みを拾う。

勘兵衛は袖を翻し、表口に立つ不動明王に別れを告げた。

どのみち、この一件には裏がある。

軒先や道端にも血腥い臭いを嗅《か》ぎつけ、勘兵衛は言いようのない胸苦しさをおぼえた。

五

その夜、勘兵衛は銀次に呼ばれ、福之湯の三階にいた。

他人に聞かれたくないはなしのときは、天井裏の隠し部屋を使う。

ふたりは置き炬燵《ごたつ》に足を突っこみ、七輪《しちりん》で湯豆腐の鍋を温めながら、燗酒《かん》をちびちび飲《の》っていた。

「ふう、寒い夜はこれがいちばんだぜ」

湯豆腐は鰹《かつお》の出汁《だし》をとった澄まし汁に浮かせ、柚子《ゆず》醤油につけて食う。手頃な肴《さかな》にもなるし、あとで豆腐を飯に掛けて食うのも美味い。腹の足しにはあまりならないが、ふたりとも夜はこんなもので充分だ。

「聞きこみのほうは、どうだったい」

「いろいろと、仕入れてきやしたよ。旦那の見込みどおり、三日前の深更、平賀屋で斬りあいがありやした」

「そうかい」

「近所の連中が何人もみておりやす。ほとんどの連中は、仕返《しけ》えしを恐れて口を噤《つぐ》んでおりやすが、どうしても黙っちゃいられねえ嬶《かか》ぁなんぞもおりやしてね。その嬶ぁ、何と、生首が宙に飛んだのを目にしたそうで」

「生首が。そいつは豪儀《ごうぎ》なはなしだ」

「でも、妙なんでさあ。首を斬られた野郎は頬被りで顔を隠し、柿色装束に身を包んでいたらしいので」

「盗人か」

「おそらく、そうでやしょう」

勘兵衛は豆腐を箸《はし》で器用に掬《すく》い、口のなかへそっと入れる。

はふはふさせながら食いおわるのを、銀次はじっと待った。

「じつは、平賀屋は腕の立つ用心棒を飼っておりやしてね。鳴瀬小文吾《なるせこぶんご》とかいう浪人者でやすが、そいつが首を刎《は》ねたんじゃねえかと。ほかにも、破落戸みてえな連中が大勢で寄って集《たか》って、盗人どもを追いかけまわしていたそうです」

「盗人の数は」

「はっきりしやせんが、三人から五人のあいだじゃねえかと」

「ともあれ、平賀屋は盗人どもに狙われた。そいつを返り討ちにしてやったというわけだな。でもよ、それならそうと、お上に訴えりゃ済むはなしじゃねえか。賊を成敗《せいばい》したところで、褒められこそすれ、罰せられやしめえ」

「そこなんで。見倒屋にゃ、何か、秘密にしときてえ事情があるんじゃねえかと」

「事情か。そいつの見当は」

「今んところは、まったく」

「そうかい。ま、豆腐でも食ってくれ」

「へい」

銀次も口を曲げながら、熱々の豆腐を食う。

そして、注《つ》がれた酒を干し、また喋りはじめた。

「そいから、殺められたおみちの件でやすが、見倒屋の言ったとおり、近くのお稲荷さんで男と逢っているのを見掛けた奉公人がおりやした」

「奉公人ってのは」

「おもとっていう小女で」

「おもとか。ふむ、あの娘は何か知っていると睨んでいたぜ」

「同じ信濃の椋鳥で、おみちにはじつの妹のように可愛がられていたとか」

「ほう。で、おもとがみたって男は」

「父親みてえな年格好の男だったそうです。顔つきがそっくりで、ほんとうの父娘じゃねえかとおもった。そう、おもとは言いやした」

「父娘か」

勘兵衛は、腕組みをして考える。

「銀次よ。ほんとうの父娘だったとしたら、どんな筋が浮かぶ」

「へい。あっしがおもうに、父親は盗人で、娘は引きこみ役だったんじゃねえかと」

「じつはな、おれもそう読んだ。ひょっとしたら、見倒屋はおみちが怪しいと踏み、責め苦を与えたのかもしれねえ」

「おみちは責め苦に耐えきれず、父親たちのことを喋った」

「そいつが筋だとすりゃ、見倒屋のやったことは見過ごせねえな」

「仰るとおりで」

銀次は勘兵衛に酒を注ぎ、自分も置き注ぎでぐっと干す。

「でも、旦那。どうして見倒屋は、盗人に狙われているとわかった時点で、お上に訴えなかったんでやしょうね」

「そこだな。やっぱり、お上に触れられたくねえ事情があるのさ」

「そいつを探ってみやしょう」

「ああ、そうだな」

ふたりは頷きあい、しばらく黙って豆腐を食った。

銀次が銚釐《ちろり》を摘《つま》み、酒を汼いでくれる。

「それからもうひとつ、気になることがありやす」

「うん、どうした」

「左源太の手下どもが、血眼《ちまなこ》になって誰かを捜しているようで」

「誰かって」

「さあ」

「盗人をひとり逃がしたのかな」

「そうかもしれやせん。藍染の左源太は、平賀屋とがっちり繋《つな》がっていやがるんだ。盗人を待ち伏せしていた連中も、左源太の手下どもにちげえねえ」

裏の事情をぜんぶ承知のうえで動いていると、銀次は確信を込めて言いきる。

「おめえの言うとおり、ふたりは一蓮托生《いちれんたくしょう》だな」

「左源太は町奉行所のお偉いさんに受けがいい。ちょいと、やりにくい相手でやすね」

「だからって、尻込みするわけにゃいくめえ」

「仰るとおりで」

「ふふ、それにしてもよ、湯豆腐がやけに美味え季節になったぜ」

「それもまた、仰るとおりで」

銀次は箸で鍋を掻きまわし、豆腐の残りを集める。

勘兵衛は盃を干し、火照った足を炬燵から出した。

「浜町河岸にな、はらごの丼を安く食わせる見世をみつけたんだ。近えうちに行ってみよう」

「へへ、そいつは楽しみだな」

はらごとは、いくらのことだ。

「旦那、はらごと言えば、大根おろしがつきものでやんすね」

「そういうこと」

ふたりは微酔《ほろよ》い気分で笑いあったが、腹の底から笑ってはいなかった。

六

翌日は、早朝からよく晴れた。

――なっとなっとう。

露地の向こうから、振売りの売り声が聞こえてくる。

朝は納豆に豆腐。昼は煮豆で、夕方は煮しめと総菜。振売りはいつも、どんな町にも、刻限どおりにやってきた。

勘兵衛が房楊枝で舌の苔《こけ》を落としていると、閻魔店の弥平が若い男を従えて庭先へあらわれた。

「おはようごせえやす」

「おう、弥の字じゃねえか」

「朝っぱらから、申し訳ありやせん」

「どうしたい。玉を取られたのが口惜しくて、やり返しにきたのか」

「へへ、そいつはまたの機会に」

弥平は将棋を指すまねをし、ついでに若い男を紹介する。

「こいつは、惣次と言いやす。幼馴染みの次男坊でしてね、まだ十八のひよっこでやすが、生まれたときも立ちあいましたので、ま、甥っ子みてえなもんです。つい昨日から閻魔店へ引っ越してめえりやした」

「お、そうかい」

「左官の駆けだしでやすが、ちょいと気の弱えところがありやす。ともあれ、うぽっぽの旦那には、いの一番にご挨拶《あいさつ》させねえと。そう、おもいやしてね」

「わざわざ済まねえな。ふうん、そうかい。左官の駆けだしかあ。で、親兄弟はどうしてる」

惣次は反応できず、顔を曇らせる。

それを素早く感じとり、勘兵衛は謝った。

「つまらねえことを聞いちまった。ま、人にゃそれぞれ事情ってもんがある」

勘兵衛自身にも、あまり触れられたくない出生《しゅっしょう》の秘密があった。じつの両親を知らない。養父母に教えられたはなしでは、亀戸《かめいど》天神の鳥居の根元に捨てられていた赤子だったという。宮司に拾われ、貰われたさきが、風烈廻り同心をつとめる長尾家だったのだ。心優しい同心夫婦は勘兵衛を一人前の男に育てあげ、住む家と働く場所を遺してくれた。

「でもよ、惣次、世の中は捨てたもんじゃねえ。相身《あいみ》たがいと言ってなあ、こっちが心を開けば、みんな親切にしてくれる。閻魔店の連中は、気のおけねえやつらばかりだ。弥平の言うことをようく聞いてな、早く一人前になるんだぜ」

「は、はい」

俯く惣次の頭を、弥平がぺしゃっと叩く。

「この野郎、きちんと返事しろい。うぽっぽの旦那が、ありがてえはなしをしてくださるんだ」

「おいおい、そこまで叱りつけることはねえ」

慌てる勘兵衛を、弥平は涙目で制す。

「いいえ。けじめだけは、きっちりつけねえと」

何やら、いつもとちがい、殺気立ってみえた。

「弥の字よ、どうしたい。そういや、こねえだも悩み事がありそうだったが、おもいきって喋ってみたらどうだ」

「へへ、悩み事なんざありやせんよ。ただ、旦那に預かっていただきてえものがごぜえやす」

そう言って、弥平は懐中をまさぐる。

「何だよ、あらたまって」

取りだされたものは、一枚の証書だった。

証書を開き、勘兵衛は首を捻《ひね》る。

「こいつはおめえ、大家株の証書じゃねえか」

「さようで。いざとなりゃ、その証書一枚で百両になりやす」

「こんなでえじなもの、何でおれに預けんだ」

「近頃、歳のせいか、くらっと目眩《めまい》をおぼえることがありやしてね。知らねえあいだにおっ死《ち》んだら、証書が紙屑《かみくず》も同然になっちまう」

「ふん、それで」

「まんがいち、あっしに何かあったときは、そいつを金に換え、この惣次にくれてやってほしいので」

勘兵衛は、ふうっと溜息を吐いた。

「まんがいちのはなしなんぞ、聞きたかねえな。おめえの言っていることは、遺言も同じだぜ」

「そうおもっていただいても、けっこうでやす」

弥平は鼻の穴をおっぴろげ、一歩も退《ひ》かない顔を向ける。

勘兵衛は迫力に押され、うっかり頷いてしまった。

「わかったよ。預かりゃいいんだな」

「ありがとう存じます」

弥平は地べたに両手をつき、土下座をしてみせる。

惣次はその様子を、目に涙を浮かべてみつめていた。

「おい、そんなまねはやめねえか」

叱りつけても、弥平はなかなか頭をあげない。

このときの勘兵衛に、惣次の浮かべた涙の意味はわからなかった。

七

三日後、霜月七日。

浅草寺《せんそうじ》の奥山に鶴の群れが降りてきた。

ちょっとした評判になったが、何の前兆であるかは誰もわからない。

勘兵衛はしゃっきりした頭で家を出て、いつもどおり、南茅場《みなみかやば》町の大番屋へ足を向けた。

大番屋は調べ番屋ともいい、江戸に七箇所ほど置かれている。入牢証文が発行されるまで罪人を留め置く場でもあり、奥には板壁板敷きで窓のない部屋を備えていた。大番屋には与力がわざわざ出張し、罪人とおぼしきものたちの取りしらべをおこなう。下手人を取りちがえたら最後、御役御免となるので、好い加減な取りしらべはできない。

また、ここは廻り方同心たちの溜まり場で、勘兵衛にとっても一日のはじまりとなるところだ。

大番屋では鯉四郎が待っていた。

「義父上《ちちうえ》、おはようございます」

「じつは、妙な男を捕まえました」

昨夜遅く、谷中の寺で本尊の観音像を盗もうとしてみつかり、番屋へしょっ引かれたこそ泥らしい。たまさか、夜廻りをしていた鯉四郎が尋問する役目を負ったが、今朝になって大番屋へ移してみると、どこで聞きつけたのか、詮議を替わってほしいという定廻りがあらわれた。

「誰だ、そいつは」

「小野寺さまです」

「小野寺軍内か」

「はあ」

別件の調べに奔走していた鯉四郎には、おみち殺しの経過を喋っていないので、ぽかんとした顔をする。

「事情はあとではなす。小野寺は奥の部屋か」

「はい」

「よし」

勘兵衛は口をきゅっと結び、仕切り戸を敲《たた》いた。

いている。

「ごめん、失礼する」

奥の部屋へ踏みこむと、床几《しょうぎ》に座った小野寺が振りむいた。

牛のようなからだつきをした間抜け面だが、抜け目のない男であることを勘兵衛は見抜いている。

「おや、長尾さん、どうされました」

「そいつか、御本尊を盗もうとしたってのは」

「ええ」

名は和助《わすけ》というらしい。

歳は三十代なかば、気弱そうな痩せ男だ。

「何か、ご用ですか」

「いいや、つづけてくれ」

「もう、終わりましたよ」

「え、終わったのか」

「はあ」

小野寺は和助に向きなおり、しっ、しっと追いたてる。

「出ていけ。二度とやるんじゃねえぞ」

「へい」

勘兵衛は驚き、呆《あき》れかえった。

「ちょっと待て。解きはなちにする気か」

「ええ、そうです。こってりしぼりましたし、どうせ小伝馬町の牢屋敷はいっぱいです。送っても迷惑がられるだけでしょう」

「そりゃ、まあそうだが」

「出来心だったと言っていますし、ここは広い気持ちで許してやってもよろしいんじゃないですか」

いつもの勘兵衛なら同意するところだが、物わかりの良すぎるところが、かえって怪しい。

小野寺は左源太のヒモ付きだけに、放っておく手はなかった。

しかし、ここはしばらく様子をみようとおもい、勘兵衛は頷いた。

「小野寺、おめえの言うとおりだ。こそ泥なんぞに関わっている暇はねえ。よし、おれが外まで見送ってやろう」

「そいつはどうも」

小野寺は満足げに礼を言い、ふわっと欠伸《あくび》をする。

和助は独楽鼠《こまねずみ》のように背を丸め、勘兵衛と鯉四郎の面前を擦《す》りぬけていった。

「おい、待て」

呼びかけると、和助は敷居の手前で脅えたように振りむいた。

勘兵衛はすぐそばまで近づき、痩せた肩を抱きよせてやる。

「そこの四ツ辻まで送ってやる。ゆっくり歩こうや、なあ」

「へえ」

こそ泥と肩を並べて歩くあいだ、小野寺は大番屋の表口に立ち、じっとこちらをみつめていた。

「さあ、もうすぐだ」

和助がさきに立ち、四ツ辻を曲がる。

と同時に、殺気が膨らんだ。

暗がりに、誰か立っている。

しゅっと鞘走る音がして、白刃が伸びてきた。

「うえっ」

和助は仰天し、尻餅《しりもち》をつく。

刹那、激しい火花が散った。

勘兵衛の差しだした十手が、襲いかかった白刃を弾く。

「ぬ、くそっ」

声を発した大柄の刺客《しかく》は、黒い布で鼻と口を隠していた。

予期せぬ邪魔がはいったので、手許が狂ってしまったらしい。

勘兵衛は腰を落とし、十手の先端をぬっと突きだした。

「おら、掛かってきな。大番屋まで半町もねえ。大声で叫べば、捕り方どもがすっ飛んでくるぜ」

刺客はじりっと後退《あとずさ》り、素早く納刀するや、背中をみせて去った。

こそ泥を狙ったことはあきらかだ。たぶん、小野寺の指図だろう。

そうとわかれば、このまま和助を逃すわけにはいかない。

「おい、大丈夫か」

「へ、へえ」

勘兵衛は和助を立たせ、着物の埃《ほこり》を払ってやる。

「すぐそこに一膳飯屋がある。ちと、つきあえ」

「へえ」

亀島川へ出て左手に曲がり、霊岸橋を渡って新堀へ向かう。

酒問屋の並ぶ河岸を眺め、ひとつ裏手の露地へ踏みこみ、小汚い一膳飯屋の暖簾《のれん》を振りわけた。

たまに朝飯をかっこむところなので、親爺とは顔見知りだ。

「旦那、はららごのいいのがあるよ」

「お、そうか。なら、そいつをくれ」

「一杯三十文、二杯で六十文になるけど、いいですかい」

「高けえな」

「大根おろしもおつけしやすよ」

「とりあえず、一杯でいいや」

「へい、まいどあり」

親爺は奥へ引っこみ、仕込みをしはじめる。

勘兵衛は肩をすくめ、和助をみた。

意地汚く、涎《よだれ》を垂らしている。

「旦那、腹あ減って死にそうだ」

「ああ、わかってる。そっちに座れ」

客のいない衝立《ついたて》の奥へ陣取ると、親爺がさっそく、はららご丼を運んでくる。

山盛りの白米のうえに、透きとおった赤い粒々がぱらぱらまぶしてある程度だが、腹の虫を鳴かすには充分だ。もちろん、大根おろしも別の皿に盛られて出された。

勘兵衛は大根おろしに醬油を垂らしてやり、自分は出涸《でが》らしの茶を啜る。

「へへ、いただきやす」

和助は丼めしをかっこみ、大根おろしを掛けてまた食う。

飯をのどに詰まらせたときは、勘兵衛が背中を叩いてやり、茶まで注いでやる。

ほどもなく和助は丼をぺろりと平らげ、満足げに腹をさすった。

「旦那、もう一杯、お代わりできやせんか」

「調子に乗るな、阿呆」

勘兵衛は手を伸ばし、和助の頭をぺしゃっと叩く。

「す、すんません」

「さて、もういっぺん最初からはなしを聞くぜ。どうして、御本尊を盗んだ」

「けっこうな値で売れるもんで」

「どこで売る」

「窩主買《けいずか》いの闇競《やみせ》りがありやす」

「何だと」

こそ泥はさらりと、とんでもないことを吐いた。

窩主買いとは盗品買いのことで、言うまでもなく法度にほかならない。

盗品が闇で競り落とされているとすれば、とうてい看過できないことだ。

ただし、江戸のどこかで闇競りがおこなわれているという噂は、以前からあった。捕まれば首謀者は極刑を免れないだけに、闇競りの日付と場所は極秘中の極秘と目されていたのだ。

勘兵衛は焦る気持ちを抑え、問いをつづけた。

「おめえ、闇競りの場所を知ってんのか」

「知っておりやすよ」

「どこだ」

「そいつを喋ったら、どうなりやす」

「腹いっぺえ、はららご丼を食わしてやるよ」

「へへ、鯛の天麩羅《てんぷら》とすっぽん雑炊も食いてえな」

「お安い御用だ。さ、喋ってみろ」

「へい」

勘兵衛が空唾《からつば》を呑むのも気づかず、こそ泥はぽろっとこぼす。

「元鳥越町にある御旗本の御屋敷で」

「旗本屋敷だと。嘘を吐くな」

「嘘じゃありやせん。そこで月に一度、十日夜に仏像の闇競りがおこなわれやす」

「三日後か」

「へい。そいつに間に合うように盗もうとして、お縄になったんでごぜえやす」

ところが、詮議する者が鯉四郎から小野寺に替わり、わけもわからぬまま解きはなちになった。

「あっしも、びっくりしやした。まさか、お許しいただけるなんて」

許したのではなく、命を奪おうとおもったのだ。

が、和助はまだ、自分の置かれている危うい立場をきちんとわかっていない。

「小野寺には、窩主買いのことを喋ったのか」

「さわりだけ喋りやした。そうしたら、笑いとばされやしてね。そんな与太話は信じねえって仰り、四半刻《しはんとき》ほど席を外されやした」

「そいつはいつだ」

「今朝方でやすよ」

四半刻あれば、刺客の手配は容易にできる。

やはり、小野寺は和助を殺めようとしたのだ。

和助の線から、窩主買いのからくりが知られてしまう。そのことを恐れ、裏で手をまわそうとした。そうであったとすれば、小野寺は法度に触れる悪事に深く関わっていることになる。

窩主買いには多くの場合、盗品に詳しい見倒屋がからんでいる。

見倒屋といえば、平賀屋だ。平賀屋と繋がりの濃い藍染の左源太は、小野寺と通じている。小野寺も平賀屋と繋がり、窩主買いで得た利益のおこぼれにあずかっているのではあるまいかと、勘兵衛は読んだ。

「和助よ、その旗本屋敷ってのは、誰でも入れんのか」

「いいえ。顔が割れてなくちゃ、まず無理でやしょう」

「顔ってのは、その阿呆面のことか」

「へへ、そうでやす」

「よし。おれに付きあってくれたら、おめえのやったことはぜんぶ無かったことにしてやる」

「ほんとうですかい」

「ああ。十日夜の闇競りに忍びこむ。それまでは、おれの知りあいのところに隠れていろ」

「え」

「わからねえのか。さっきの刺客は、おめえの命を狙ったんだぜ。逃げたきゃ好きにしていいが、逃げた途端、わけのわからねえ野郎にばっさりやられるだろうな」

「ひぇっ」

首を縮めるこそ泥の顔をみつめ、勘兵衛はすっかり冷めた茶を啜った。

八

十日夜。

浅草の元鳥越町から蔵前を通って大川へ流れこむ鳥越川は、かつて三味線堀を水源とする川であったが、今は掘割として整備され、荷船の運航などにも使われている。

その掘割に架けられた甚内橋《じんないばし》のそばに、三千五百石取りの旗本屋敷があった。

旗本もぴんきりで、三千石からは「高の人」と尊ばれる大身だが、昨今は生活に窮している者が多い。したがって、どうにかして台所を潤そうと腐心する。屋敷の一部を怪しげな連中に貸しだすのも、高額の賃料を期待してのことだ。

一方、借り手からすれば、これほど安全なところもない。直参旗本は大名とも対等に口を利ける立場にあった。屋敷内に町奉行所の探索がおよぶ恐れは微塵もないので、誰に遠慮することもなく闇競りもできる。

月に一度、屋敷に運びこまれる盗品は仏像に限定され、船や荷車で現物を持ちより、一体ずつ競りに掛けられていた。客の多くは仏像に詳しい見倒屋で、そうした連中の背後には仏像蒐集《しゅうしゅう》に心血を注ぐ金満家どもが控えている。

勘兵衛は和助の顔を使い、まんまと屋敷内への潜入を果たした。

競り場は長い廊下を渡ったさきの離室《はなれ》で、優に二十畳はあった。

部屋のなかはたいへんなひといきれで、息が詰まるほどだ。

法度の窩主買いがこれほど堂々とおこなわれている実態に、さすがの勘兵衛も驚きを禁じ得なかった。

和助は何度か盗品を持ちこんでおり、手慣れたものだ。

集まった仏像は菩薩、如来、神将などと区分けされ、各々、木像、銅像、石像などと選別されたうえで、つくられた年代や縁起、来歴なども加味され、出し値がきめられていくようだった。

盗品なので、競りの出し値は信じられないほど安い。

そこから一斉に競りがおこなわれ、阿吽《あうん》の呼吸と独特の符号で買い手がつぎつぎにきまっていく。なかには、数百両も出して何体も求めていく見倒屋もあったが、勘兵衛がそれとなく探している狐顔の男はどこにもいなかった。

さきほどから気になっているのは、衝立の向こうで鉄火場の胴元よろしく煙管《キセル》を燻《くすぶ》らせている人物のことだ。

おそらく、闇競りを差配する肝煎《きもい》りなのだろう。

面を拝んでやりたいが、濃い煙が邪魔をしてみえない。

ふと、気づけば、衝立の向こうから人の気配が消えていた。

「おい、帰えるぞ」

和助の首根っこを摑み、競りの場から逃れるように出口へ向かう。

不審がる見張りを振りきり、裏木戸から外へ抜け、勘兵衛は左右を見渡した。

ちょうど、辻駕籠《つじかご》の提灯が掘割に沿って遠ざかっていくところだ。

「あれだ」

和助に隠れ家の福之湯へ戻るように指示し、足早に駕籠の尻を追う。

夜風は身を切るほど冷たいものの、温石《おんじゃく》を抱えているので心配ない。

駕籠は三味線堀を半周ほど巡り、火除地のほうへ向かった。

人気《ひとけ》のない野面で、枯れ草が風に靡《なび》いている。

目印の提灯が、ふっと消えた。

「妙だな」

草叢《くさむら》がざわめき、人影が飛びだしてくる。

「うわっ」

抜きはなたれた白刃が、月影に煌《きら》めいた。

「不浄役人め、飛んで火に入る何とやらだ」

「くっ、塡《は》められたか」

勘兵衛は十手を抜き、袂《たもと》を捲《まく》りあげる。

対峙《たいじ》する男は、黒い布で顔を隠していた。

「てめえ、和助を襲った野郎だな」

寒風に乗って、血腥い臭いが漂ってくる。

どこかで嗅いだことがあった。

「あ、平賀屋で嗅いだ臭いだぞ。おめえ、鳴瀬とかいう用心棒か」

「黙れ」

動揺している。図星なのだ。

「殺す気なら、布を外したらどうだ」

「うるさい」

刺客は布を外し、風に飛ばした。

月影を浴びた顔は、狸《たぬき》のように丸い。

「ふふ、狐に飼われた狸か」

「莫迦にするな」

「おめえの飼い主は、闇競りの肝煎りをつとめているらしいな。だとすりゃ、なかなかの大物じゃねえか。それに、目端も利くらしい。衝立の奥から、おれのことをみつけたんだろう。ふん、誘ったつもりが、とんだ墓穴を掘ったもんだな」

「黙れと言うておる」

鳴瀬は大股で迫るや、大上段から振りおろしてくる。

「ぬりゃ」

勘兵衛は胸を反らし、ひょいと躱《かわ》した。

荒い太刀筋だが、巨斧を振りおろすような迫力がある。

勘兵衛は朱房の十手を左手に持ちかえ、右手を懐中に突っこんだ。

まともな手が通用しそうにない相手には、飛び道具が有効だろう。

「ほりゃ」

気合いともども、鳴瀬が斬りつけてくる。

袈裟懸けだ。

これを躱し、小脇を擦りぬける。

振りむきざまの水平斬りを逃れ、背中をみせて駆けだした。

「待て、逃すか」

必死に追ってきたところへ、くるっと振りむく。

「うっ」

鳴瀬は踏みとどまった。

「誘ったんだよ、莫迦たれ」

勘兵衛は腰を沈め、横手から右腕を鞭《むち》のように振りぬいた。

——ぎゅるん。

拳大の温石が唸《うな》りをあげ、回転しながら浮きあがる。

「のわっ」

ぐしゃっという鈍い音が響き、温石は額を砕いた。

鳴瀬は眼差しを宙に泳がせ、藁《わら》人形のように倒れていく。

ところが、勘兵衛が近づくと、血だらけの顔を左右に振り、ふらつきながらも立ちあがってみせた。

朦朧《もうろう》としており、目の焦点が合っていない。

それでも、本能がそうさせるのか、足を引きずりながらも逃げていく。

「行っちまえ」

勘兵衛に、手負いの獣を追う気はない。

平賀屋が闇競りの取りまとめ役だとわかっただけでも、大きな収穫はあった。

窩主買いという悪事をひた隠しに隠すべく、盗人のことも隠しておきたかったにちがいない。しかも、この件については、藍染の左源太や小野寺軍内も深く関わっている。

「やっと筋がみえてきたぜ」

勘兵衛は身を守ってくれた温石を拾い、懐中に仕舞った。

こちらの動きを察し、敵は焦りを募らせることだろう。

もはや、うかうかしてはいられない。

九

小塚原《こづかっぱら》の端っこに棚が築かれ、腐った生首がふたつ晒された。

晒し場でもないところだったので、お上によっておこなわれたものではない。

首無し胴は地べたを浅く掘って捨てられており、山狗によって無残にも食いちぎられていた。

晒し首は鴉《からす》に目玉を突っつかれ、判別は困難であったにもかかわらず、いったい誰の仕業なのか、生前の面影を偲《しの》ぶことができる人相に描きかえられ、瓦版に摺《す》ったうえで江戸じゅうにばらまかれた。

――世知辛い今生を怨む生首ふたつ、小塚原にて晒される。死に神の仕業か。

と、瓦版にはあった。

噂にのぼらないはずがない。

いったい、晒し首の主は何者なのか。

いったい誰が、何のために晒したのか。

さまざまな憶測が飛びかい、小塚原へわざわざ足を運ぶ者さえあった。

福之湯の屋根裏部屋では、勘兵衛と鯉四郎が炬燵に足を突っこんでいる。

女将《おかみ》のおしまが番台を離れ、糠味噌《ぬかみそ》で漬けた蕪《かぶ》を運んできてくれた。

勘兵衛は剣菱《けんびし》の燗酒を呑み、下戸《げこ》の鯉四郎は大きなからだで番茶を啜っている。

急な階段を上って、銀次が調べから戻ってきた。

「旦那、生首の素姓が割れやした」

「お、そうか」

銀次は寒そうに手をさすりながら炬燵に埋まり、勘兵衛に注がれた剣菱をくっと呑みほす。

「ふわあ、美味え」

「人心地がついたかい」

「へい」

「それで」

「毘沙門の惣六と息子の惣太、生首の主は盗人でやした」

「毘沙門の惣六か」

勘兵衛は眸子を瞑《つむ》り、遠い記憶をたどる。

銀次は蕪を囓《かじ》りながら、じっと待った。

「おもいだした」

　勘兵衛の顔色は、少しばかり蒼褪《あおざ》めている。

「毘沙門天は聖天の守護神、かつて世間を騒がせた大泥棒、聖天の弥平の相棒が毘沙門の惣六だ」

「旦那の仰るとおりで。聖天の弥平は密かに足を洗い、今では閻魔店の大家として楽隠居の身、あやかり神なんぞと言われ、店子たちから慕われている。それを知るお役人は長尾さましかいねえ」

　鯉四郎も知らされておらず、隣で驚いている。

「銀次よ、生首は腐っていたんだろう」

「ええ、少なくとも十日は経っておりやした」

「十日前といえば、神無月の晦日に近えな」

「平賀屋で盗人が返り討ちに遭《あ》った晩です」

「近所の嬶ぁは、宙に飛んだ生首を目にした。そいつは毘沙門の惣六だったのかもしれねえ」

「いっとき、旦那と調べたことがありやしたね。惣六には娘とふたりの息子があった。生爪を剝がされたおみちは、惣六の娘だったんじゃねえかと」

「ふうむ」

勘兵衛は、辛《つら》そうに唸る。

「娘は責め苦を受けて殺され、息子のひとりは生首を晒された」

「藍染の手下どもは今も、逃げた盗人を捜していると聞きやす。逃げたのは、もうひとりの息子かもしれねえ」

「そうだな。あっ」

勘兵衛は自分でも驚くほどの大声をあげ、炬燵から這《は》いだすと、たたんでおいた黒羽織の袖から布にくるんだものを抜いた。

「そいつは何です」

銀次に聞かれ、勘兵衛は布から証書を一枚取りだす。

「弥平から預かった大家株の証書だ。こいつ一枚で百両の値がつく」

「ほえ」

勘兵衛は、証書を預かった経緯を語ってきかせた。

銀次も鯉四郎も腕を組み、沈痛な面持ちで黙りこむ。

「弥平が連れてきた若僧の名は惣次。たぶん、惣六の次男坊だ」

「藍染の手下どもが血眼になって捜してる野郎だな、きっと」

「たぶん、そうだろう」

生首を晒したのは警告かもしれないと、勘兵衛はおもった。

「仕返しを考えたら、こうなるぞという脅しかもしれねえ」

やったのは、平賀屋に通じている連中だろう。

勘兵衛の頭には、藍染の左源太と小野寺軍内の顔がはっきり浮かんでいた。

「えげつねえことをしやがる。お上も舐《な》められたもんだぜ。なあ、鯉四郎」

「はい。こうしたことをする連中は、許しちゃおけません」

「おめえにも、存分にはたらいてもらうぜ」

「無論です。それにしても、気懸かりなのは弥平です。弥平は、かつて盗人仲間だった物六の子を匿《かくま》った。すべての事情を知っているとみて、しかるべきでしょう」

「はらわたが煮えくりかえっているだろうぜ」

「どうするつもりでしょうか」

「弥平はおれに遺言めいた台詞を吐いた。『まんがいち、あっしに何かあったときは、そいつを金に換え、この惣次にくれてやってほしい』とな」

「今すぐ、閻魔店にまいりましょう」

「いねえよ。弥平はそんなのろまじゃねえ」

今ごろは惣次ともども、何処《いずこ》かの隠れ家で息をひそめているはずだ。

「野郎はやる気だ。何をやらかす気か知れねえが、惣六や子どもたちの弔い合戦をする腹なのさ。せっかく足を洗ったのに、莫迦なやつだぜ」

勘兵衛が溜息を吐いたところへ、階段の下から、おしまの声が掛かった。

「うぽっぽの旦那、お客さんがみえましたよ」

勘兵衛はのっそり立ちあがり、一階まで下りていった。

役者番付の置かれた番台のそばに、地味な着物を纏《まと》った小娘が立っている。

「おれがうぽっぽだが、何か用か」

名乗られるまで、相手の顔を忘れていた。

「長尾さま、平賀屋のおもとにございます」

「あっ、おめえか。よく来たな」

「すみません。ご迷惑も顧みず」

足の裏が汚れているところから推すと、裸足で駆けてきたのだろう。

「いいや、かまわねえ。さ、こっちに来い」

勘兵衛は迷わず、おもとを三階の部屋まで連れていった。

銀次と鯉四郎が、ぎこちない笑顔をつくって出迎える。

おもとは緊張で口を歪めたが、炬燵で温まって番茶を呑むと、気持ちも落ちついたようだった。

勘兵衛は、できるだけ優しく聞いた。

「よくぞ訪ねてきてくれたな」

「八丁堀のご自宅を訪ねたら、こちらだと教えていただきました」

「そうかい。で、おれに喋りてえことってのは」

「亡くなったおみちさんのことです。黙っていたら、きっと罰があたるとおもって」

そう言った途端、おもとは堰《せき》を切ったように泣きだす。

しばらく泣かせておき、しゃくりあげる十四の娘を労《ねぎら》ってやった。

「いいんだぜ。おめえがわるいわけじゃねえ。目にしたことを喋ってみな」

「は、はい」

おみちは、惣六たちが討たれた晦日の前夜まで、三日三晩、裏の蔵で惨《むご》い責め苦を受けていたという。奉公人たちはみてみぬふりをしたが、おみちから妹のように可愛がられていたおもとは気が気でなかった。

何とか助けたいとおもい、晦日の前夜、見張りの目を盗んで握り飯を携え、蔵へ忍びこんだ。ところが運悪く、主人の権十にみつかってしまった。

「わたしのせいで、おみちさんは喋ってしまったんです」

それまでは陰惨な責め苦に耐えつづけ、みずからの素姓も仲間のこともいっさい喋らなかった。

ところが、おもとの命を楯に取られ、おみちはついにあきらめた。

「おみちさんは、涙を流しながら仰いました。『明晩、仲間がやってくる。猫の鳴き声が合図だよ』と。わたしは申し訳なくて、情けなくて……でも、でも、自分の命が惜しいばっかりに、権十の言いなりになってしまったのです」

翌晩、おもとは命じられたとおり、戸口の内にじっと屈んで待った。

途方もないときが過ぎたあと、猫の鳴き声が聞こえたので、これも権十に命じられたとおり、右腕だけ戸口から出して誘う仕種をしてみせたという。

「わたし、とんでもないことをしてしまいました。ほんとうに、ほんとうに……どうしたらいいのか、わかりません」

泣きじゃくる娘の肩を、勘兵衛はしっかり抱きよせた。

「おめえは、何ひとつわるかねえ。おみちだって、きっとそうおもっている。おめえは巻きこまれただけだ。気にしなくていい。平賀屋には帰えるな。おめえの面倒は、この長尾勘兵衛がみてやる。何も心配えするな」

「は、はい」

おもとは信濃の貧しい百姓家に生まれ、逃げるように江戸へやってきた。田舎に帰っても双親《ふたおや》はおらず、意地悪な親戚のもとへ戻る気もなかった。骨を埋める覚悟でやってきた江戸で、身を売ることもなく、幸運にも働き場所を得ることができた。頼る者とてない娘にとって、平賀屋は唯一の身の置き所だったにちがいない。

主人の権十からは、見たこと聞いたことはいっさい口外してはならぬと脅された。生かされた理由は、権十に下心があったからだと、勘兵衛は見抜いている。

おもとは縹緻《きりょう》良しだ。磨けば光る素質を秘めている。見倒屋のすけべ心が、おもとの命を救ったのだ。

「あんなところへ帰えることはねえ」

もういちど、勘兵衛は囁いてやる。

あまりに哀れで、涙が零れてきた。

十

おもとを女将のおしまに預け、勘兵衛たちは弥平と惣次の行方を捜すことにした。

おもったとおり、閻魔店は蛻《もぬけ》の殻《から》で、店子たちは弥平の顔がみえないことに不安をおぼえていたので、とりあえずは六阿弥陀詣での旅に出たなどと嘘を吐き、その場を取りつくろった。

勘兵衛はもういちど、弥平のことばをおもいおこした。

弥平は大家株の証書を託し、まんがいちのことがあったら、惣次に金を渡してほしいと遺言めいた台詞を吐いた。となれば、ふたりは行動をともにしないとみるべきだ。しかも、抜かりのない弥平のことだから、惣次の居場所がわかるようにしておくにちがいない。

待っていれば、何らかの連絡《つなぎ》が入るのだろうか。

勘兵衛は平賀屋の周囲でそれとなく聞きこみをやりつつ、鯉四郎たちと交替で主人の権十に怪しい動きはないかどうか見張った。

おもとにも確かめたことだが、奉公人たちのあいだでは妙な噂が立っていた。

蔵のなかに秘仏が隠されており、たいへんな御利益があるというので、みな、蔵の外から熱心に拝んでいるという。その秘仏が何千両もの値で売りにだされるらしいとの噂が、まことしやかに囁かれていたのだ。

勘兵衛は、表口に飾ってあった運慶の作という不動明王像を思い浮かべた。

おそらく、あれも盗品にちがいない。噂がほんとうだとすれば、蔵のなかに隠された秘仏は盗品のなかでも別格なのだろう。

ひょっとしたら、惣六の狙った「お宝」とは、その秘仏だったのではあるまいか。

勘兵衛は鋭い読みをはたらかせつつ、白壁町の周辺から離れ、神田川を渡り、上野の寛永寺へ足を向けた。

さらに、日光街道に沿ってひたすら北へ向かい、下谷《したや》の寺町を通りすぎていく。

遊女の投込寺として知られる箕輪《みのわ》の浄閑寺を横目に眺め、山谷堀を越えて右手に曲がる。

薄曇りのなか、田圃《たんぼ》の畦道《あぜみち》をまっすぐ歩き、しばらく進むと、立っているだけで背筋に寒気をおぼえるような鬱々《うつうつ》とした仕置場の端へたどりついた。

遥か遠くに、延命寺の巨大な首切地蔵がみえる。

骨《こつ》ヶ原《はら》と呼ばれるこの辺り一帯では、浅く掘った土のしたへ、罪人の屍骸《むくろ》が取りすてにされていた。それが山狗どもの餌になる。

勘兵衛は、懐中の瓦版を握りしめた。

すでに、晒しものにされた惣六と惣太の首は片付けられたと聞いた。

にもかかわらず、なぜ、この場所へ足が向いたのか、自分でもよくわからない。

死んだ盗人どもの霊が導いたのだと聞かされても、勘兵衛には納得できるような気がしていた。

異臭の漂う野面を踏みしめ、罪人がこの世と別れを告げる涙橋のほうへ向かう。

成仏できぬ魂を弔う誦経《ずきょう》が、地の底から殷々《いんいん》と響いてきた。

うらぶれた僧衣を纏った願人坊主《がんにんぼうず》がひとり、少し離れたところから首切地蔵を拝んでいる。

勘兵衛は導かれるように、そちらへ足を運んだ。

願人坊主は破れた笠をかぶっていたが、痩せた後ろすがたには見覚えがあった。

「惣次か」

掠れた声を投げかけると、願人坊主がこちらを振りむき、お辞儀をしてみせる。

逃げる様子はない。ただ、祈りのなかに埋没し、現世で与えられた試練を忘れようとしているかのようだった。

「惣次よ」

勘兵衛は、もういちど名を呼んだ。

「おめえの苦渋はようくわかる。ここに父と兄の呪縛霊《じゅばくれい》がおるのだな。それを解きはなとうとして、おめえは祈りを捧げているのか」

破れ笠を取った人物は、おもったとおり、弥平に紹介された若者だった。

頭をきれいさっぱり丸め、落ちくぼんだ眸子に涙をいっぱい溜めている。

「邪魔をしてすまねえ。気づいてみたら、おれもここまで来ちまった。何やら、晒された首が哀れにおもえてな」

「あ、ありがとうございます」

惣次は礼を言い、滂沱《ぼうだ》と涙を流す。

「泣けばいい。おめえの涙が、いちばんの供養になる」

西の空が血の色に染まるまで、ふたりは骨ヶ原の端に佇み、死者の霊を弔った。

そして、どちらからともなく、歩きはじめた。

「そろりと帰えるか」

「はい」

項垂《うなだ》れる若者の肩を抱き、寒々とした刈田の道を戻っていく。

こちらから問いかけたわけでもないのに、惣次は喋りだした。

「弥平のおっちゃんが、教えてくれました。晦日の夜、おとっつあんと兄さんが盗もうとしたお宝は、口にするのも憚《はばか》られるような秘仏だったそうです」

「そうかい。やっぱり、奉公人どもの噂はほんとうだったらしいな。その秘仏ってな、売れば何千両もの値がつく代物なんだろう」

「何千両どころか、本物なら、お金に換えることなどできません」

「知ってんのか、秘仏の正体を」

「はい」

「教えてくれ」

「浅草寺の御本尊にございます」

「まさか」

勘兵衛は、ごくっと唾を呑みこんだ。

浅草寺の御本尊とは、観音堂に安置された聖観音菩薩像のことだ。秘仏ゆえに、開帳されることはない。寺院の開基に由来し、一千年以上むかしの推古《すいこ》天皇の御代に、檜前浜《ひのくまのはま》成《なり》と竹成《たけなり》という漁師の兄弟が宮戸川と呼ばれた隅田川で網に掛けたと言いつたえられている。

御本尊を安置する厨子《ずし》は前の間と奥の間に分かれており、前の間には慈覚大師によって彫られたとされる観音像が安置されていた。毎年、師走十三日の法要で開帳されるのは、この「お前立ち」の観音像にほかならず、奥の間に安置された秘仏の御本尊は下々の目に触れることはない。噂では「高さ一寸八分の金無垢の観音像」とも伝えられ、勘兵衛もそう信じていた。

「秘仏の御本尊は二尺に足りない木像だそうです」

「だ、誰に聞いた」

「弥平のおっちゃんが教えてくれました。でも、おっちゃんも目にしたことはないそうで、死んだおとっつあんから聞いたそうです」

「どうして、惣六がそんなことを知ってんだ」

「おとっつあんが厨子ごと盗んだのです。そう、おっちゃんに聞きました」

若い時分に、腕試しで盗んだらしい。

勘兵衛は憤慨した。

「盗んだ御本尊を金に換えたのか。罰当たりにもほどがあるな」

「仰るとおりです。だから、あんな死に方をしたのかもしれません」

惣六が盗んだ秘仏は、まわりまわって平賀屋権十の手に入った。

おそらく、狂喜したにちがいない。人の心を持った者ならば、天罰を恐れて返還するところだが、欲の皮の突っぱった見倒屋はそうしなかった。蔵に隠し、いずれは売りはらおうと考えたのだ。

仏像の蒐集家でなくとも、垂涎《すいぜん》の逸品となろう。

金に糸目をつけず、独り占めにしたいと願う者はいくらでも出てくるはずだ。

狡賢い見倒屋は、そう考えた。

惣六はそのことを知り、罪滅ぼしのために秘仏を奪いかえしたかったのだと、弥平は惣次に教えたらしい。

「手伝ってほしいと頼まれ、おっちゃんは断ったそうです。金輪際、盗みはやらないと神仏に誓った。その誓いを破るわけにはいかないと」

なるほど、それで弥平は悩んでいたのかと、勘兵衛は合点した。

それにしても、眉唾《まゆつば》なはなしだ。

浅草寺は聖観音宗の総本山である。鎌倉幕府を築いた源《みなもとの》頼朝《よりとも》も平家追討の際、浅草寺の本堂に戦勝を祈願している。それほどの秘仏が盗まれたと聞いても、勘兵衛は耳を疑うしかない。

ともあれ、真偽のほどはわからない。しかし、平賀屋権十が秘仏とされる聖観音像を売ろうとしているのだとすれば、天に唾する行為にまちがいなかった。いずれ、天罰が下ることだろう。

だが、弥平に待つ気はないようだった。

「天に任せちゃおけねえと、おっちゃんは言いました」

「何だと。弥平は、今どこにいる」

「わかりません」

閻魔店を引きあげたあと、ふたりはしばらく品川の船宿で寝起きしていた。

ある朝、起きてみると、弥平は煙と消えていたという。

途方に暮れた惣次には、ふたつの道が残された。

弥平が望んだように勘兵衛を頼るか、もしくは、仏門に入って死んだ者たちを供養するか。

純粋な惣次は、後者を選んだのである。

弥平が惣六たちの仇《かたき》を討つ気でいるのは、火をみるよりもあきらかだった。

抜いたことのない刃物を使い、悪党どもの命を獲《と》るつもりなのだろうか。あるいは、かつて「神」とまで称された手管を使い、秘仏を盗もうとしているのだろうか。

一刻も早く捜しだし、莫迦なまねはやめろと諭さねばならぬ。

一方ではそうおもいつつも、一方では弥平の好きにさせてやりたい心情もある。

そんな自分を、勘兵衛は持てあましていた。

十一

三日後、十四日夜。

浅草は山谷堀に架かる今戸橋を渡ったさきに、出《で》っ尻《ちり》と呼ぶ隅田川に突きだした土地がある。この出っ尻にある『有明楼』は値が高いことで知られる料亭だが、勘兵衛たちのすがたは料亭の表口をのぞむ松の木陰にあった。

白壁町の平賀屋権十に怪しい動きがあり、本人の乗る宝仙寺駕籠を追いかけてきたところ、たどりついたさきだった。

宝仙寺駕籠は別にもう一挺《ちょう》あり、そちらには人ではなく、大きな布で包まれた箱のようなものが載せられた。おそらく、秘仏を厨子ごと載せたのだろうと推察され、勘兵衛たちは色めきたった。

出っ尻へ来てみると、驚いたことに、藍染の左源太率いる破落戸どもが料亭の内外を警戒していた。平賀屋に雇われた用心棒の鳴瀬小文吾も、勘兵衛に負わされた怪我から快復した様子で、気の荒い連中を鼓舞しながら警戒の目を光らせている。

銀次が料亭の暗がりから戻ってきた。

「平賀屋の接待した相手がわかりやした」

「おう、よくわかったな」

「女中頭にちょいと小粒を握らせやしてね。へへ、途端に口が軽くなりやがった」

相手はどうやら、材木相場で大儲けした成金らしい。

「ちょくちょく有明楼を訪れては、散財していくみてえで」

「そいつが秘仏の買い手ってことか」

「たぶん、そうでやしょう。でも、ほんとうに、浅草寺の御本尊なんでしょうかね」

「さあな。毘沙門の惣六が死んだ今となっては、神のみぞ知るってことだ。が、少なくとも、弥平は本物と信じて、秘仏を奪おうと狙っている」

「弥平は、あらわれやしょうかね」

「来る、かならずな」

弥平の狙いはあくまでも、平賀屋を困らせることだ。秘仏が平賀屋の手を離れたら、盗む意味はなくなる。となれば、今宵しか狙う機会はない。

勘兵衛は、弥平の冷静さをよく知っている。

期待を込めて、弥平の刃物は抜くまいとおもっていた。

狙いは秘仏だ。弥平は来る。

「義父上、踏みこみましょう」

鯉四郎が詰めよってきた。

この際、悪党を束にまとめて捕まえてやればいいと、娘婿は威勢の良いことを言う。

取引の場に踏みこみ、盗品の秘仏を押さえれば、なるほど、平賀屋の悪事は証明できる。

いつまでも泳がせておくより、今宵この場で決着をつける手もわるくない。

ただ、それをやると、弥平のさきを越すことになるかもしれない。

勘兵衛には、一抹の迷いがあった。

事情はどうあれ、弥平のやろうとしていることは立派な盗みだ。十手持ちの矜持《きょうじ》から
して、いかなる盗みも見逃すことはできない。ただ、今回だけは見逃してやりたいと願う
気持ちが、勘兵衛の決断を鈍らせる。

鯉四郎も銀次も、そのあたりの機微は心得ていた。

「されど、ここは心を鬼にすべきです」

「そうだな。おめえの言うとおりだ」

娘婿に叱られ、勘兵衛は頷いた。

「手荒いまねをすることになるが、覚悟はいいか」

「無論です。用心棒と左源太たちは、わたしと銀次にお任せください。義父上は隙を衝き、
平賀屋のもとへ」

「承知した。今夜は婿さんの段取りにしたがおう」

銀次も、真剣な顔で頷きかえしてくる。

「平賀屋は成金野郎とともに、庭付きの離室におりやす」

表口から廊下を渡り、調理場を通って勝手口を抜けていけば、庭のほうへ潜入できるという。

「よし。ふたりとも、手荒なまねはしても、命だけは獲らねえようにな」

「では、お先に」

鯉四郎と銀次は頷き、松の木陰から躍りだす。

勘兵衛はじっと動かず、しばらく様子を窺った。

表口にいたるまで、篝火《かがりび》が点々と焚《た》かれており、頭上には丸味を帯びた月も輝いている。

薄闇のなかでも、ふたりの後ろ姿はよくみえた。

銀次はすっと離れ、鯉四郎だけがずんずん進む。

「うわっ、誰だてめえは」

破落戸の一声で、辺り一帯は騒然となった。

鯉四郎は白刃を抜き、問答無用でふたりを叩きのめす。

峰に返して打ったのだろうが、斬ったようにしかみえない。

悲鳴と怒声が錯綜し、鯉四郎は破落戸どもに取りかこまれた。

「誰かとおもえば、定廻りの末吉さまじゃござんせんか」

疳高《かんだか》い声を発するのは、岡っ引きの左源太だ。

「あっしの手下を叩きのめしてもらっちゃ、困りやすぜ」

「左源太よ、てめえに十手は似合わねえぜ」

鯉四郎の痺《しび》れるような台詞を聞きながら、勘兵衛はそっと松の木陰を離れる。

「やっちまえ」

左源太の合図で、破落戸どもが殺到した。

が、小野派一刀流の免状を持つ鯉四郎にかなうはずもない。

刃と刃がぶつかる音とともに、悲鳴や呻《うめ》きが響きわたった。

「待て、わしに任せろ」

用心棒の鳴瀬小文吾が、真打ち気取りで押しだしてきた。

白刃を抜き、相青眼に構え、うおっと虎のような気合いを発する。

鯉四郎はあくまでも冷静に、相手の出方を窺っていた。

「そりゃ……っ」

鳴瀬が踏みこみ、突きの一手を浴びせる。

その瞬間、鯉四郎は大上段に振りかぶり、からだごと投げだすように白刃を斬りおとしてみせた。

——ぶん。

という刃音を、勘兵衛も聞いたような気がした。

「うぎっ」

鳴瀬は前歯を剝き、顎をがくがく震わせている。

すでに、刀を手にしていない。

左右の小手《こて》を砕かれ、激痛が爪先から脳天まで貫いていた。

「ぎゃああ」

用心棒の凄まじい悲鳴が、破落戸どもを萎縮《いしゅく》させる。

「莫迦野郎、やっちまえ。逃げるんじゃねえ」

後ろから煽《あお》りたてる左源太の背後に、銀次の影がそっと迫った。

「うっ」

銀流しの十手で首根を叩かれ、左源太はその場に頽《くずお》れる。

何ほどのことはない。

ふたりは見事に、役割を果たしてくれた。

「つぎはおれの番だ」

勘兵衛は首尾を見届け、なかば開いた表口の扉から、鰻のようにするりと潜りこんでみせた。

十二

銀次に言われたとおり、調理場を通って勝手口を抜けると、離室の庭へ通じる垣根がみえた。

あまりにも閑《しず》かで、表の喧噪《けんそう》が嘘のようだ。

見世にはほかの客もいたし、芸者や幇間《ほうかん》をあげて賑《にぎ》やかに騒ぐ宴席もあったが、笑い声や三味線の音色すらも対岸の出来事にしかおもえない。

不思議な気分だった。

簀戸《すど》を抜けると、月明かりに蒼々と照らされた庭がある。

瓢箪池《ひょうたんいけ》には石の太鼓橋が架かり、錦鯉まで泳いでいた。

石灯籠《いしどうろう》の灯りが、誘いかけるように揺れている。

廊下を挟んで部屋の襖《ふすま》障子は閉めきられているものの、秘仏の闇取引がおこなわれているのはあきらかだ。

勘兵衛は懐中に抱いた温石を捨て、両袖を靡かせながら近づいた。

少し進んで、足を止める。

異様な殺気を感じたのだ。

石灯籠の陰から、牛のような体軀《たいく》の人影がのっそりあらわれた。

勘兵衛と同様、黒い巻羽織を纏い、髷《まげ》を小銀杏《こいちょう》に結っている。

「長尾さん、こっからさきへは行かせませんよ」

小野寺軍内であった。

「ふん、てめえが最後の砦ってわけか」

「さすが、長尾さんだ。ただの間抜けじゃないってことは察していましたよ。よくぞここまでたどりついたと、褒めておきましょう」

「おめえ、自分のやってることがわかってんのか」

「無論です。窩主買いは天下の大罪ですがね、みつからなきゃ何をやってもいいんですよ。廻り方ってのは、因果な商売だ。いくらがんばって命を張っても、お上から頂戴できるのは雀の涙ほどの給金でしかない。しかも、毎日毎晩、上に尻を叩かれて、牛馬も同然に働かされる。正直、やってられませんよ」

「てめえの愚痴なんぞ、聞きたかねえ」

「まあ、いいじゃないですか。この際、腹のなかをぶちまけても。長尾さん、わたしはあなたのようになりたくないんだ。歩きまわるしか能がないやつだと、みんなから莫迦にされ、町の連中には不浄役人というだけで疎《うと》んじられ、たとい道端で野垂れ死んでも三日も経てば忘れられてしまう。それがわかっていても、真面目にこつこつと市中の見廻りをつづける。そんな負け犬のような生き方をするくらいなら、悪党とつるんで金を稼ぎ、おもしろおかしく生きたほうがいい」

「そうかい。ま、捕り方の矜持を捨てた野郎に、何を言ってもはじまらねえ。ところで、てめえは秘仏の正体をわかってんのか」

「浅草寺の御本尊ですよ。とうてい、本物とはおもえませんがね。でも、平賀屋なら相手に本物とおもいこませ、何千両もの金を手にできるでしょう」

「おめえは、そのおこぼれにあずかるって寸法か」

「ええ。長尾さんもどうです。なんなら、平賀屋に紹介しましょうか」

不敵に笑う同僚を、勘兵衛は睨みつけた。

「いいや、もう挨拶は済ませてある」

「そうですか」

小野寺は刀の柄に手を掛け、近寄ってくる。

「待て。ひとつだけ、聞いておきてえ」

「何ですか」

「てめえ、独り身だったよな」

「ええ」

「親兄弟は健在か」

「わたしは養子でしてね、生みの親にも育ての親にも何ひとつ未練はありませんよ」

「そうかい。だったら、おめえが死んでも悲しむ者はいねえんだな」

「ええ。お気になさらずに」

小野寺は、ずらっと白刃を抜いた。

勘兵衛も呼応し、白刃を抜いてみせる。

相青眼に構えた途端、先手を取られた。

「ぬりゃ……っ」

突きがくる。

存外に鋭い。

「うぬ」

勘兵衛は躱しきれず、肩口をずばっと削られた。

「ふふ、老い耄れめ、死にさらせ」

小野寺は吼《ほ》え、真横から胸を薙《な》ぎにかかる。

——がしっ。

火花が散る。

勘兵衛は刀を立て、一撃を受けとめた。

「くっ」

斬られた傷口が開く。

強烈な痛みが走った。

が、傷はさほど深くない。

「ぬおっ」

鍔迫りあいで押され、背中が石灯籠にぶつかった。

外の異変をようやく察し、部屋の襖が左右に開く。

「うわっ、くせものだ」

驚いた顔の平賀屋と、肥えた成金野郎が廊下に飛びだしてきた。

ほかには誰もおらず、ふたりだけで商談をおこなっていたらしい。

「小野寺さま」

平賀屋権十が叫んだ。

小野寺は勘兵衛から身を離し、青眼に構えなおす。

後ろをみずに、平賀屋を制した。

「だいじない。ここは任せろ」

「されど」

「うるせえ。そいつは還暦間近の臨時廻りだ。おれの相手じゃねえ」

「還暦間近の」

平賀屋は眸子を細め、勘兵衛の素姓を確かめる。

「あ、おめえはあのときの」

「そうさ。おれは長尾勘兵衛だ。うぽっぽ同心なんぞと莫迦にされちゃいるがな、十手持ちの矜持だけは忘れちゃいねえ」

「くそっ、何しにきやがった」

「悪党どもに引導を渡すべく、参上してやったのさ。素直にお縄になるってなら、観音さまもちったあ大目にみてくれようぜ」

「何をこの。小野寺さま、早いとこ殺《や》っちまってください」

「おめえに言われるまでもねえ。すりゃ……っ」

小野寺は八相に構え、袈裟懸けを狙ってきた。

「何の」

勘兵衛は渾身《こんしん》の返しで弾き、くるっと独楽のように回転する。

相手の懐中に潜りこみ、陣風となって小脇を擦りぬけた。

「うおっ」

小野寺は振りかえった体勢のまま、仰向けにひっくり返る。

飛び石に頭を叩きつけ、ごぼごぼと血を吐いた。

無念とも驚きともつかぬ顔を向け、何か発してみせたが、声にならない。

最後にひゅんと空気を吸いこみ、こときれてしまった。

臨時廻りの繰りだした白刃は、脇腹を深々と剔っている。

「莫迦たれ」

勘兵衛は血振りを済ませ、鮮やかな手並みで納刀した。

「小野寺よ、命を貰った理由はわかるな。おめえのためだ。生き恥を晒したくはあるめえ」

一抹の後悔と悲しみを抑え、勘兵衛は心を鬼にした。

平賀屋権十は金縛りにあったように動けず、買い手の成金野郎は山と積まれた千両箱を残し、大声で叫びながら逃げだす。

「平賀屋、おめえは終わりだ」

がっくり項垂れる見倒屋の脇を通りぬけ、勘兵衛は部屋に踏みこんだ。

紫の包みのうえには、沈香《じんこう》の漂う厨子が置かれている。

勘兵衛は恐る恐る手を伸ばし、厨子の扉を開けてみた。

ぎっと、軋むような音がする。

触れてはいけない闇をこじ開けたような気分だ。

「あ」

勘兵衛はおもわず、声をあげた。

厨子のなかに、御本尊はいない。

安置されていたのは、一寸八分の金無垢像でもなければ、二尺に足りない聖観音の木像でもない。

ただの漬け物石であった。

「げえ……こ、これは、どうしたことだ」

平賀屋が這うように近づき、声を震わせた。

どうやら、蔵から持ちだすまでは、本物の御本尊が安置されていたらしい。

「弥平だな」

してやられたのだと、勘兵衛はおもった。

口惜しい気もしたが、快哉《かいさい》を叫びたいほどの昂奮が胸の底から迫りあがってきた。

十三

毎月十三日は観音詣での縁日、どんな苦役でも救ってもらえる浅草寺の御本尊を詣でる人々は後を絶たない。

観音様は大慈大悲で人々を救済する仏だ。

勘兵衛は浅草寺の参道を抜け、十八間四面の観音堂大伽藍を面前にし、圧倒されるおもいで立ちつくしていた。

「父上、さあ、拝みましょう」

かたわらから囁きかけてきた娘の綾乃は、小さな綾を抱いている。

その隣には、熱心に拝みつづける静の横顔もあった。

後ろには鯉四郎も控えており、みな揃って浅草寺へ観音詣でに行こうと誘ったのは、当の勘兵衛であった。

出っ尻の『有明楼』では秘仏を目にすることはなかったが、窩主買いの証拠となる盗品の仏像は平賀屋の蔵からごろごろ出てきた。

そうなれば、もはや、言い訳はできない。主人の権十は無論のこと、藍染の左源太や手下たちも、平賀屋から盗品を買っていた顧客の成金もただでは済まなかった。即刻、裁きの場に引きずりだされ、平賀屋権十と左源太は打ち首獄門、成金は闕所《けっしょ》のうえ江戸追放、左源太の手下たちも島送りや追放といった沙汰を下された。

一方、弥平のすがたは消えたままで、惣次も行方知れずとなった。

盗まれた秘仏の行方もわからぬなか、勘兵衛は御本尊を拝んでいる。

厄除けと家内安全のお参りを済ませ、みなで寒風の吹きぬける参道を戻りはじめた。

空は夕暮れのように曇り、温石を抱いていなければ凍えてしまいそうだ。

それでも、信心深い人々の列が途切れることはない。

勘兵衛は誰かの熱い眼差しを感じ、雑踏のなかで足を止めた。

ほかの連中は気づかず、どんどんさきへ行ってしまう。

眼差しのほうへ、ゆっくり顔を向けてみると、参道脇に僧衣のふたりが佇んでいた。

笠もかぶらず、ふたりとも頭を丸めており、こちらに軽くお辞儀をしてみせる。

ほんとうの父と息子にみえたが、弥平と惣次にほかならない。

勘兵衛は人の波を掻きわけ、参道から外れていった。

内心穏やかではないが、つとめて気軽に声を掛ける。

「よう、弥の字じゃねえか」

「うぽっぽの旦那、お久しぶりで」

「そうだな。おめえのことは、ずいぶん捜したぜ」

「どうか、お気の済むようにしてやってくだせえ」

「ふむ。事情はどうあれ、おめえのやったことは許されることじゃねえ」

「わかっておりやす」

素直に頷く弥平の隣で、惣次は「えっ」という顔をする。

すかさず、勘兵衛が応じた。

「どうした。言いてえことがあったら、聞いてやるぜ」

惣次は不満げに、口を尖らせる。

「御本尊はちゃんとお返し申しあげました」

「ふうん、そうかい。でもな、返しゃいいってもんじゃねえ。それくれえのことは、弥平だってわかってらあ」

「旦那の仰るとおりでさあ。あっしは禁を破った。金輪際、盗みはやらねえという禁を破っちまったんです。どうか、罰してやってくだせえ」

そう言って、弥平は両手を揃えて差しだす。

「ふん」

勘兵衛は、鼻で笑った。

「盗人の底意地を出しやがって。死ぬめえにもういっちょ、ひと花咲かせてやろうとでもおもったのか。弥平よ、誰が何と言おうと、盗みは盗み、罪は罪だぜ。でもな、おめえに縄を打つようじゃ、おれも仕舞えだ」

「え」

弥平は、ことばを呑みこんだ。

「ま、まさか、お許しいただけるので」

「許すも許さねえもねえ。おれにしてみたら、将棋の相手がひとり減るのが惜しいってだけのはなしさ」

「旦那」

「おっと、何も言うな。回向《えこう》の旅に行ってこい。帰えってくるまで、大家株の証書はでぇじに預かっといてやる。ふふ、やっぱりおめえは捕まらねえ。あやかり神だったな」

「あ……ありがとう存じます」

涙を浮かべる弥平と惣次の坊主頭に、白いものがひらひら落ちてきた。

「お、雪か」

「初雪でやんすね」

汚れのない雪が斑《まだら》になり、本堂の大屋根を覆っていく。

惣六や弥平の犯した罪も、真っ白な雪が浄化してくれるにちがいない。

そうであることを願い、勘兵衛はもういちど、観音堂に向かって両手を合わせた。

弓箭筋《きゅうせんすじ》の侍

一

師走十三日の煤《すす》払いを終えると、年の瀬の忙《せわ》しなさに拍車が掛かる。

寺社境内では正月の縁起物を売る歳の市が立ち、人々は我れ先に門松やら注連飾《しめかざ》りやらを買いもとめる。

深川八幡宮や浅草寺ほどではないが、両国広小路もあいかわらず人出が多い。

巾着切《きんちゃっきり》が横行する季節でもあるので、勘兵衛は人の集まるところへ足を運んだ。

珍しい動物やろくろ首の見世物小屋があるかとおもえば、火吹き男や駕籠《かご》抜けや立鼓《りゅうご》廻しなどの大道芸人たちがいる。そうしたなかで、一段と大きな声を張りあげる侍に注目が集まっていた。

「みるは法楽、みらるるは因果、哀れな河童の子にござります」

四十過ぎとおぼしき侍は短軀《たんく》で、伸び放題の髪も髭《ひげ》も濃い。どことなく子熊に似ており、人懐っこい面付きだが、垢《あか》じみた着物を纏《まと》ったすがたから推せば、食いつめ浪人であることはすぐにわかった。

「さあ、御覧《ごろう》じろ。これなるは常陸国牛久沼にて捕らえし河童にござ候」

背後の土のうえには破れた虚無僧笠が伏せてあり、笠のなかで緑色の何かが蠢《うごめ》いている。

半信半疑の見物人たちが人垣をつくったところで、侍は虚無僧笠に手を掛けた。

すると、幼い兄弟たちが欠け茶碗を胸に抱えて歩きだす。

「見料は四文、波銭一枚、たった四文」

呪文でも唱えるように、人垣の周囲を巡っていく。

侍の子どもたちであろう。

銭を投じる者は、ほとんどいない。

「焦らさねえで早くみせろ」

誰かが怒鳴った拍子に、気の荒い連中が文句を言いはじめる。

「河童とやらをみせてみやがれ。騙《だま》したら容赦しねえぞ」

侍は困った顔で思案のあげく、自信なさそうに虚無僧笠を開いた。

衆目に晒《さら》されたのは、首まで土中に埋まった河童、いや、緑色に顔を塗っただけの幼子である。

「河童だよ、河童だよ」

と、可愛い声で切なげに叫んでみせた。

見物人は苦笑を漏らし、三々五々散っていく。

「お待ちを、お待ちくだされ。河童は前座、つまらぬ座興にござる。拙者はじつは、撲《なぐ》られ屋でな。一発四文、たった四文にて、お好きに撲っていただいて結構」

これには、足を止める者もあった。

侍を撲る機会など、そうあるものではない。

だが、腰に差された長い刀をみて、たいていの者は二の足を踏んだ。

「心配はいらぬ。ほれ、このとおり、刀は鞘《さや》ごと抜いておこう。さ、誰かおらぬか。この頬《ほお》げたを撲ってくれようという剛の者はおらぬか」

「よし」

鯔背《いなせ》な髷《まげ》を結った若い男が踏みだし、四文銭を幼子の欠け茶碗に投じた。

ちゃりんと、良い音が響く。

「おありがとうございます」

元気な声を発し、幼子がお辞儀をする。

「さ、遠慮はいらぬ。やってくれ」

侍が頬を差しだした。

若い男は遠慮がちに糾《ただ》す。

「拳骨でもいいのかい」

「よいよい。がつんと、ほれ」

「よし」

若い男は右の拳を固め、右腕をぶんまわす。

ぼこっと鈍い音がして、侍の顔が吹っ飛んだ。

「い、痛え」

弱音を吐いたのは、撲った男のほうだ。

痛んだ拳をさすりつつも、満足げな顔をする。

一方、侍は鼻血を垂らしながら、へらへら笑った。

「さ、ほかにはおらぬか。頬げた撲って四文じゃ」

「おれがやる」

折助《おりすけ》風の連中や破落戸《ごろつき》どもが三人、五人とつづき、侍の顔は撲られるたび満月のように膨《ふく》らんでいった。

見物人のなかから女子どもは消え、撲られ侍の子とおぼしき幼子たちは泣きたいのを我慢している。

勘兵衛はみていられなくなり、侍と客のあいだに割ってはいった。

「そのくれえにしとけ」

見廻り同心の登場に客たちは鼻白み、潮が引くようにいなくなる。

侍も素直に応じ、片付けをはじめた。

気づいてみると、芥子《けし》頭がひとりとざんぎり頭が三人、それに若衆髷の男子がひとりおり、銀杏返《いちょうがえ》しに結った姉の指示にしたがって、土に埋まった「河童」を掘りおこしている。

「みんな、あんたの子かい」

侍に声を掛けると、待っていたかのように愛想良く応じてみせる。

「十三の娘は、佐保《さほ》と申す。しっかり者でな、佐保を頭に、九つと八つ、七つと五つ、それに三つの双子《ふたご》がおる。上から太郎、次郎、三郎、四郎、五郎、六郎とつづき、父のわしは牛島《うしじま》七郎兵衛じゃ。備中《びっちゅう》生まれの食いつめ者よ、のはは」

豪胆に笑ってみせるが、顔が腫《は》れているので痛々しい。

低い空には雪雲が垂れこめ、北風が吹いているというのに、ひとりだけ大汗を掻《か》き、着物から湯気を立ちのぼらせている。

「ぜんぶで七人か、食わせるだけでも容易じゃねえな。で、母親は」

「おらぬ。双子を生んだあと、流行病《はやりやまい》に罹って逝《い》った」

「哀れな」

「そうおもうんなら、飯でも奢《おご》ってくれ」

「図々しいやつだな」

と言いつつも、勘兵衛は放っておけない。

「しょうがねえ。昼飯だけだぞ」

「ありがたい。おい、おまえら。こちらの親切なお役人が、飯をたらふく食わしてくれるそうだ」

「うわあああ」

子どもたちは歓声をあげ、意気揚々と従《つ》いてくる。

一列に並んで歩く様子は、軽鴨《かるがも》の子どもたちのようだ。

しんがりの芥子頭は、首からうえだけ緑色に塗った「河童」だった。

勘兵衛は米沢町の裏道にはいり、馴染《なじ》みにしている一膳飯屋の暖簾《のれん》を振りわけた。

「らっしゃい」

胡麻塩《ごましお》頭の親爺は薄汚れた子どもたちを眺め、おもわず顔をしかめる。

勘兵衛は小銭の詰まった財布を床几《しょうぎ》に置き、ひらきなおった顔で発した。

「親爺、この連中に好きなもんを食わしてやってくれ」

「へい」

「さあ、おまえら、食いたいもんを注文しろ」

子どもたちは何を頼んでいいかわからず、腹の虫だけ鳴らしている。

父親の牛島七郎兵衛が言った。

「白米と味噌汁があればいい」

殊勝な台詞《せりふ》を吐きつつも、自分は酒肴《しゅこう》を注文する。

「おいおい、そりゃねえだろう」

勘兵衛がたしなめると、牛島は眉を八の字に下げた。

「撲られた傷が痛んでな、酒でも呑まなきゃやっていられぬ。そっちのぶんは借りということで頼む。の、このとおりだ」

両肘《りょうひじ》を突きだし、床几に手をついた。

「やめろ。子どもたちのめえで、みっともねえまねをするな」

「されば、よいのだな」

「ああ」

白米が櫃《ひつ》ごと出された。親爺が気を利かせ、煮魚や香の物を添えてくれる。魚の天麩羅《てんぷら》や野菜の胡麻揚げ、美味そうな豆腐の味噌汁も登場した。

子どもたちは父親に許しを請い、飯を椀に盛りつけ、姉の合図で一斉にかっこみはじめる。一心不乱に飯をかっこむ兄たちのなかで、幼い双子は姉に手伝ってもらい、味噌汁に米を浸して食べた。

緑色の「河童」も必死だ。兄たちに遅れを取るまいと、椀に顔をつけんばかりに食っている。

そうした様子を満足げに眺め、牛島は酒を舐《な》めた。

「美味い。これは新酒か」

「んなわけがねえだろう」

一膳飯屋で下りものの新酒が呑めるはずもない。

それでも、牛島は満足そうだ。

「役人、おぬしも呑め」

さきほどとはちがい、横柄《おうへい》な態度だ。

それでも、勘兵衛は怒りを呑みこんだ。

安酒を注《つ》がれ、ぐい呑みをかたむける。

牛島はずんぐりした指で、空の徳利を摘《つま》んだ。

「親爺、お代わり。へへ、かまわぬだろう」

人懐こい顔で笑いかけられると、怒る気にもならない。

牛島は微酔《ほろよ》い気分で、みずからの素姓を語りはじめた。

以前は備中足守藩二万五千石に仕える歴とした藩士で、殿様警護の馬廻り役を勤めていたという。

「貫心流はご存じか」

「槍構えからの諸手突き」

「いかにも、ようわかっておるではないか。わしの父は備中でも名の知れた貫心流の道場を開いておった。御前試合で見事な演武を披露し、当時、ご嫡子であった殿様の剣術指南役を仰せつかった。おかげで、子のわしも仕官がかなった。亡くなる直前、父に貫心流の極意を伝授されたが、ついに、父を超えることはできなんだ」

十数年前、組頭に愛娘との縁談を薦められた。同僚たちが羨《うらや》むほどの良縁であったにもかかわらず、牛島はそれを断り、登城する途中の道筋で名物のきび団子を売る団子屋の娘といっしょになった。

ひと目惚《ぼ》れし、妻にするならその娘と決めていたのだ。

念願かなって所帯を持ち、子宝にも恵まれ、幸福な日々を送っていた。

だが、今から三年前の冬、些細《ささい》な失態の責めを負い、役を解かれることとなった。

「そのときの上役が御番頭に出世を果たしていた元組頭でな、十余年もまえに縁談を断られたことを根に持ちつづけておった」

牛島が言うには、上役は最初から召しはなちにする機を窺《うかが》っていたのだという。

折からの不作で藩財政は窮乏しており、上役たちは配下の落ち度をみつけては禄を減じたり、場合によっては召しはなちという厳しい沙汰を下していた。配下の首をきらねば、自分の身が危うくなる。配下を首にできない気の弱い上役のなかには、実際に首を縊《くく》る者まであった。

そうした状況下にあって、牛島は武士の意地を張りたくなったのだという。

自分を嵌《は》めた上役にというよりも、殿様や重臣たちが許せない気分だった。

ゆえに、つまらぬ意地を張り、尻をまくってみせたのだ。

「それがこのざまよ。江戸へ出てくれば何とかなる。金を貯めて道場でも開こうともくろんでおったが、すぐさま、それは果たせぬ夢とわかった。禄を失った侍なんぞ、芥《あくた》も同然さ。妻を失ってからは、日々の食い物にも事欠く始末、大道芸と名のつくものなら何でもやった。挙げ句の果てが、擽られ屋なんぞをしておる」

牛島は自嘲《じちょう》しながら、酒をひと息に呷《あお》った。

「ぷはあ、美味い。おぬしのようなお節介焼きをみつけ、おのれを捨てて土下座してみせれば、三日に一度は飯にありつける。そのおかげで何とか、生きのびてきたようなものだ。ただな、どれだけ貧しても、わしには売れぬものがふたつある」

じっと、牛島は睨《にら》みつける。

「ひとつは娘だ」

「あたりめえだろうが。娘を売ったら、このおれが承知しねえぞ」

脅しつける勘兵衛を制し、牛島はかたわらの刀を拾いあげる。

——からん。

鈴音が響いた。

張りつめた静けさに安らぎを与えるような、温もりのある音色だ。

凝った意匠の柳生《やぎゅう》透《す》かし鍔《つば》に、小さくて丸い木鈴《もくりん》が付いている。

「それは」

「厄除けの木鈴さ」

牛島が自分で彫ったものだという。

故郷の檀那寺《だんなでら》に植わっていた御神木の朴《ほお》からつくったらしい。

茶色い欅《けやき》や桜と異なり、色が女の肌のように真っ白だ。

「使わぬための呪《まじな》いさ。娘のほかにもうひとつ、売れぬものとはこの刀だ」

ずらりと抜かれた本身は、二尺七寸ほどあろうか。

「長い刀だな」

地肌は梨子地《なしじ》、刃文は艶めいた丁子《ちょうじ》、一見して業物《わざもの》であることは察せられた。

「藤源次助真《とうげんじすけざね》よ」

備前出身で鎌倉に居を移して一派を為した名匠だ。

「先祖伝来の名刀でな、これだけは死んでも手放せぬ」

「なるほど」

牛島は白刃をうっとり眺め、慈しむように鞘へ納めた。

――からん。

鈴音がまた、悲しげに響いた。

子どもたちは櫃を空にし、満足げに腹をさすっている。

娘の佐保がこちらをまっすぐみつめ、丁寧にお辞儀をしてみせた。

「お役人さま、お慈悲に感謝いたします」

しっかりした物言いに感動すらおぼえつつ、だらしない男を必死に支える世話女房のようだなと、勘兵衛はおもった。

二

両国広小路にかぎらず、人の大勢集まるところには、年の瀬が近づくと、お救い小屋が建つ。ひとつには、幕府が市井の人々に慈悲の心をおぼしめす大掛かりな宣伝でもあるのだが、お救い小屋を司《つかさど》るのは、町奉行所の役目だった。

廻り方も交替で借りだされ、煮立った大鍋から粥《かゆ》を掬《すく》って配ったりする。

嫌々ながら手伝う者が多いなか、勘兵衛は率先して楽しげに粥を配った。

「さあ、遠慮はいたすな。粥はたっぷりあるからな」

香具師《やし》のように大声を発し、冗談を言っては笑わせる。

長蛇の列に並んでいる者も、少しは安らぎをおぼえた。

「おい、うぽっぽ」

端から気軽に呼ぶ者がいる。

みやれば、矍鑠《かくしゃく》とした白髪の老爺が立っていた。

何か格別の用事があるときだけ、葺屋町《ふきや》の『福之湯』へ顔を出す。

現世の不浄を排除する烏枢沙摩《うすさま》明王の刺青《いれずみ》された背中を、勘兵衛はごしごし流してやった。齢《よわい》は七十二だが、からだも精神も萎《しな》びてはいない。『福之湯』では「薊《あざみ》の隠居」で通っていたが、何を隠そう、この老人こそは行政全般を司る江戸南町奉行の根岸肥前守鎮衛《やすもり》にほかならなかった。

時折こうして供も連れず、ぶらぶら町中をほっつき歩いている。

裃《かみしも》を纏って白州を見下ろしたときは、鬼か神かと畏《おそ》れられるほどの人物が、好々爺《こうこうや》のような微笑《ほほえ》みを浮かべながら気軽に声を掛けてくるのだ。

「うぽっぽよ、久方ぶりではないか。そこで何をやっておる」

「は、粥を掬っております」

「楽しそうじゃのう。それほど、粥掬いが楽しいか」

「恐れながら、楽しくて仕方ありません」

「ほっほ、おぬしらしいな。ちと、誰かに替わってもらえ」

「はあ」

勘兵衛は誘われるがままに、根岸のかたわらへやってきた。

何か、格別の用事でもあるのだろうか。

どうしたわけか、勘兵衛は根岸に気に入られており、隠密が扱うような面倒な案件を持ちこまれたこともあった。

「身構えるな。用事はない」

「は、さようで」

「畏《かしこ》まるな。素姓がばれるであろう」

「は」

「それにしても、早いものよ。今年も、もう終わる。江戸のみならず、各地で天災がつづいたのう。殺伐とした凶事も、あいかわらず、枚挙にいとまがない。にもかかわらず、廻り方の同心は南北町奉行所あわせても二十四人しかおらず、いっこうに増員は見込めぬ。すまぬな、おぬしらには苦労を掛ける」

「な、何を仰《おつしや》います」

勘兵衛は狼狽《うろた》えながらも、ありがたいとおもった。

奉行所の頂点に立つ人物は、下々のことを心配している。

そのことがわかっただけでも、得も言われぬ感動をおぼえた。

根岸は態度をころりと変え、ふんと鼻を鳴らす。

「ま、そうは言っても、おぬしらは、欲すればいくらでも役得を享受できる。盆暮れの付けとどけからはじまって、放っておけば何だかんだと日参する得体の知れぬ輩《やから》も多かろう。これをはねつけるには、よほどの覚悟が要るはずだが、うぽっぽよ、おぬしは欲得とはまったく関わりなく、飄々《ひょうひょう》と生きておる。わしはな、おぬしのそうしたところを好いておるのだ」

「恐れ多いことで」

「何か困ったことがあったら、いつでも屋敷を訪ねてくるがよい」

「はは」

「散歩に来てみたら、おぬしを見掛けたものでな。つい、声を掛けてしもうた。迷惑を掛けたな」

「とんでもございません」

「おう、そうそう。おぬしにこれをやろう」

根岸は懐中に手を入れ、小さな木像を取りだした。

「地蔵でございますか」

「ふふ、このお地蔵さん、丸味を帯びた顔で腹の底から笑っておろうが」

「はい。とても良いお顔です」

「木食上人《もくじき》から、何年かまえに頂戴したものじゃ」

「え、そのような大切な木像をわたしなんぞに」

「くれてやる。なぜか、理由を教えてやろうか」

「は」

「おぬしに顔がそっくりだからよ」

「何と」

「ふはは、まあ、せいぜい粥を拵え。木食上人の彫った仏像のように笑いながら、ひとりでも多くの者の腹を満たしてやるがよい」

根岸のことばには、いつも真心が籠《こ》もっている。

去っていく後ろ姿がみえなくなるまで、勘兵衛は見送った。

と、そこへ。

後ろから、誰かに声を掛けられた。

「臨時廻りの長尾勘兵衛か」

振りむけば、柔和な顔の与力が立っていた。

町会所見廻りの与力で、お救い小屋の仕切りも任せられている。

柿崎左門之介《かきざきさもんのすけ》であった。

「おぬし、うぽっぽとか呼ばれておるそうじゃのう。それが御奉行と直々にはなしができる間柄だったとは、わしも知らなんだわい」

「ご冗談を。そのような間柄ではございません。たまさか、お声を掛けていただいただけで」

「そうはみえなんだぞ。能ある鷹は爪を隠すと言うが、おぬしもその口か。もしや、御奉行直々の隠密働きをしているのではあるまいな」

「ぬほほ、柿崎さま、わたしめが隠密廻りをするようにみえますか」

「みえぬ。されど、さきほどの馴れようは尋常ではない」

勘兵衛は懐中から、木食上人の微笑仏《みしょうぶつ》を取りだしてみせた。

「それは何じゃ」

「御奉行から頂戴いたしました。路傍で拾われたお地蔵さまだそうです。拙者に似ておりませぬか」

「ふむ、そっくりじゃな」

「御奉行はたまさか、わたしめをお見掛けになり、この木像とそっくりなので、縁起を担いでお声を掛けてくださったのです」

「ふん、まあよい。今日はひとつ学ぶことができた。人は見掛けによらぬということをな。誰にも告げぬゆえ、安心いたせ。ぬはは」

柿崎は意味ありげに笑い、背中をみせて去った。

勘兵衛は余計な荷を背負わされたような、どんよりした気持ちにさせられた。

三

十五日に三座の芝居納めがあり、十九日には蓑市《みのいち》が立つ。

年の瀬が迫ってくると、きまって辻斬りが横行しはじめる。

食いつめ浪人が「餅代」を稼ぐべく、市中を徘徊《はいかい》するのだ。

酉《とり》ノ刻を過ぎて辺りが薄闇に包まれるころ、勘兵衛は凍てつく日本橋大路を南へ向かった。

京橋、銀座、新橋と流し、御濠を渡って芝口へ、さらに右手へ折れて濠沿いにまっすぐ進めば、やがて、溜池へたどりつく。溜池までは行かず、途中の幸橋御門前から左手に折れれば愛宕《あたご》下の大名小路、そのさきは芝増上寺《しばぞうじょうじ》の界隈だ。

師走にはいってから、溜池と芝切通しで辻斬りが相次いだ。

二度あることは三度ある。

勘兵衛はそのことばを信じ、夜廻りをつづけていた。

これは毎年の習慣でもあるので、大雪が降っても止《や》めるわけにはいかない。晦日《みそか》の晩まで江戸じゅうを歩きまわり、一年のおつとめを終えるのだ。

そうでなければ、さっぱりした気分で新年を迎えることはできない。

同じ臨時廻りのなかには、上役から隠居をすすめられるのを恐れ、年の瀬になると必死に手柄をあげようとする者もいる。欲を掻いた連中にかぎって、功を焦って命を落とす。手柄はどうでもよい勘兵衛にしてみれば、そうした同僚の死は哀れで、ばかばかしいものにおもわれた。

もちろん、禄にしがみつく気持ちもわからぬではない。

たかだか三十俵取りの軽輩とはいえ、町奉行所の同心にはさまざまな恩恵がある。多くの同心にとって市中を見廻るのは、袖の下を掻きあつめるためのようなものだ。年末になると、廻り同心は市井の連中から、債鬼と同様に嫌われる。当然のことながら、勘兵衛はそうした連中とも一線を画していた。

「それにしても、寒いな」

勘兵衛は縮緬《ちりめん》の襟巻《えりま》きを付け、懐中に温石《おんじゃく》を抱いている。

足袋は二枚重ね、脚絆《きゃはん》まで巻いていたが、それでも寒い。

屋根も地面も目にできる景色は、白い雪に覆われている。

空に星はあるものの、寒風が渦巻くように吹きよせてきた。

夜はまだ浅いというのに、濠のそばに人影はみあたらない。

――そばうい。

夜鳴き蕎麦《そば》の売り声を遠くに聞きながら、勘兵衛は自身番を探した。

冷えてきた温石を、温めなおそうとおもったのだ。

「小腹が空いてきやがったな」

芝口橋を渡って右手に折れ、濠沿いに進む。

刹那《せつな》、行く手のほうで男の悲鳴があがった。

「ぬわああ」

幸橋御門前、久保丁原と通称される広小路の辺りからだ。

「出やがったな」

勘兵衛は裾を捲《まく》り、滑るように駆けぬける。

前方に提灯の灯がみえた。

逃げずに留まっている。

番太か。

「おい、どうした」

大声を発すると、泣きそうな顔の番太郎が提灯をまわしてみせた。

「お役人さま、誰かが斬られました」

「そいつは、みりゃわかる」

勘兵衛は息を切らしながら近づき、血だらけで横たわった男を見下ろした。

一刀で胸を深々と突かれたらしく、背中にも貫かれた痕跡がみてとれる。

口から血泡を吐いており、雪上は真っ赤に染まっていた。

「こりゃいけねえ」

もはや、手の施しようがない。

すぐさま、男は息絶えた。

「逝っちまった」

勘兵衛は屈《かが》みこみ、短く経を唱える。

番太郎も隣に立ち、頭をがっくり項垂《うなだ》れた。

「おい、番太、下手人をみたか」

「い、いいえ。駆けつけたときは、このありさまで」

「そうかい。なら、ほとけに見覚えは」

番太郎は怖々と提灯を翳《かざ》し、ほとけの顔を照らしだす。

「あっ、伏見《ふしみ》の辰三《たつぞう》親分です」

「伏見の辰三」

知らぬ名ではない。

近くの伏見町で高利貸しを営む地廻りだ。

高利貸しなら、誰かの恨みを買いやすい。

ただの辻斬りではなく、怨恨の線も残る。

屍骸《むくろ》の懐中をまさぐってみると、財布が重いままそっくり残っていた。

やはり、伏見の辰三を恨む者の仕業かもしれないと、勘兵衛は察した。

手口から推せば、殺《や》ったのはかなり腕の立つ刺客《しかく》だ。

「お役人さま、ほとけが何か握っておりやす」

番太郎が提灯をかたむけた。

「なるほど、握ってやがるぜ」

勘兵衛は屈みこみ、頑なに握られた屍骸の右手をこじ開けた。

――からん。

赤い雪上に落ちたものは、小さな木鈴だ。

「こ、こいつは」

勘兵衛は血の付いた木鈴を摘みあげ、袖に仕舞った。

四

番太郎を高利貸しの店まで走らせると、ほどなくして、大柄な馬面男が髷を飛ばしながら駆けてきた。

「うわっ、親分、親分よう……どうして、どうしてこんなことに」

馬面は勘兵衛の面前で泣きくずれ、血だらけになるのもかまわずに、亡骸を抱きよせる。

落ちついたところで、勘兵衛は問うた。

「おめえ、辰三の手下か」

「へい。若い衆頭をつとめる巳吉《みきち》と申しやす。お役人さま、下手人はいってえ、どこのどいつなんです」

「さあな。誰もみちゃいねえ」

「くそっ、夜はひとりで出歩くなって、あれほど念押ししといたのに」

「どこかへ出掛けるところだったのか」

「たぶん、これのところへ」

巳吉は小指を立てる。

辰三は気の強い内儀の目を盗んで、近頃懇《ねんご》ろになった若い妾のもとへ夜な夜な通っていたらしい。妾宅は芝口橋を渡って右手の東、築地御門跡のそばにある。内儀には寄合に行くと嘘を吐《つ》き、手下も連れずに出掛けたのが仇《あだ》になった。

「下手人に、心当たりでもあんのか」

「ありもあり、大ありでさあ。親分を殺らせたなあ、出雲《いずも》の猪次郎《いのじろう》にきまっておりやすぜ」

「出雲の猪次郎」

新橋の出雲町で同じ高利貸しを営む地廻りで、御濠を挟んだ向こうとこっちに分かれて、ふたりは何かと張りあっていた。この界隈では知らない者がいないほど犬猿の仲だったらしく、巳吉でなくとも誰もが殺しを疑う相手であった。

「猪次郎のやつが刺客を雇って殺らせたにちげえねえ。くそっ、あの野郎、生かしちゃおかねえぞ」

「おい。物騒なことを口走るんじゃねえ」

勘兵衛は銀流しの十手をみせ、厳しい口調で叱りつける。

「でも旦那、あっしにとっちゃ親代わりの親分が殺られたんですぜ」

「まだ、出雲の猪次郎が殺ったときまったわけじゃねえ。それにな、殺られたら殺りけえすってのは考えもんだ。いつまで経っても終わりがねえじゃねえか」

「だったら、どうしろってんだ」

「おれに任せとけ」

「旦那に。だいたい、旦那は誰なんです」

「臨時廻りの長尾勘兵衛だ。文句あっか」

「い、いえ」

「ほとけを家に運んでやれ。おめえは気の荒い連中をなだめ、しめやかに親分の弔いをしてやらなくちゃならねえ」

優しく諭してやると、巳吉は嗚咽《おえつ》を漏らしだす。

「いいか。下手人捜しはこっちに任せるんだぞ。まちがっても、突っ走るんじゃねえ。若い衆頭のおめえがしっかりしねえで、どうする。これからはおめえが、一家を束ねていくんだろう。それなりの器量をみせてみな。わかったか」

「へ、へい」

しっかり頷《うなず》いた巳吉を残し、勘兵衛は沈んだ気分で芝口橋へ取ってかえす。

とりあえず、南茅場町の大番屋へ戻り、事の次第を帳面にしたためねばならない。

上役に諮《はか》って捕り方の態勢を整えてもらい、聞きこみなどの地道な調べをはじめねばならず、明日からのことを考えると、少しばかり気が滅入った。

芝口橋を渡りきり、出雲町へ足を向けてみる。

巳吉の言った猪次郎とやらの顔を拝もうとおもったが、大路から逸《そ》れて辻を曲がったところで、誰かに嗄《しゃが》れ声を掛けられた。

「もし、そちらの旦那」

手相見だ。

白い総髪に焙烙《ほうろく》頭巾を載せ、皺《しわ》顔のなかでぎょろ目を剝《む》いている。

四角い箱に布をかけ、布のなかに手足を埋めるようにして座り、立看板には「即効」という二文字が自信ありげに書かれていた。

「こちらへ。顔に難事の相が出ておる。手相を詳しくみて進ぜよう」

この手の誘い文句はたいてい眉唾《まゆつば》ものだが、今宵は手相見で吉を占ってほしい気分だった。

「さ、お座りなされ」

導かれた明樽《あきだる》に座ると、手相見は不気味な顔で微笑む。

「お役人ならば、難儀にあたる機会も多かろう。どれ、右手を開いてみせなされ」

言われるがままに右手を開くと、手相見は行灯《あんどん》を近づけた。

「ふうむ、やはりな」

「やはりとは」

「人差し指と中指のあいだ、ほれ、ここじゃ。深い筋が刻まれておりましょう」

「それがどうした」

「これは弓箭筋と申しましてな、百人にひとりといない剣難の相にござるよ」

「何だと」

みてもらわねばよかったと、後悔しても遅い。

仏頂面で小銭を置き、明樽から尻を持ちあげた。

「お待ちを」

手相見が曲がった指を差しだし、前歯の欠けた口で笑う。

「これと同じ弓箭筋のお侍に、一昨晩も出遭《であ》いました」

「ほう。それは奇遇だな」

「何でもそのお方は暮らしに困窮し、お刀を質に入れるかどうか、迷っておられるご様子でした。お刀はなかなかの業物で、ご先祖伝来の逸品とか。そうそう、透かしの鍔に木鈴が付いておりましてな。聞けば、抜かぬための呪いであるとか」

「待て、木鈴と言ったな」

勘兵衛は袖口に手を突っこみ、さきほど拾った木鈴を取りだした。

「それは、これか」

手相見は木鈴をじっくりと眺め、首を捻《ひね》る。

「はて。拙者は手相はみますが、木鈴の相はみませぬゆえ、わかりかねます。はなしのつづきを、お聞きになられますか」

「あたりまえだ」

「されば、聞き料を」

「ちっ」

床几に一朱銀を置くと、手相見の口は滑らかになった。

「拙者は、一刻も早くお刀を質にお入れなさいと、進言いたしました。さすれば、剣難は避けられましょうと」

「侍はどうしておった」

「頷いておられましたよ」

勘兵衛は身を乗りだす。

「その侍、どのような男だった」

「髪も眉も濃く、人懐こい面相の持ち主であられましたな」

「子熊のような顔か」

「さよう」

「からだつきは」

「秋茄子《なす》のように、ずんぐりしておられたかと」

「秋茄子か」

微妙な喩《たと》えだが、小振りな茄子にみえなくもない。

「とにもかくにも、うらぶれておられました」

まず、牛島七郎兵衛にまちがいないなと、勘兵衛はおもった。

手相見が牛島らしき男の手相をみたのは、一昨晩の亥《い》ノ刻ごろという。

「町木戸の閉まる刻限ではないか」

そのような遅い時刻に、子どもたちを置き去りにし、牛島はこの界隈をうろついていたのだろうか。

どうしてという問いが、頭のなかを巡りだす。

と同時に、辰三の胸をひと突きにした刺客の手口が浮かんだ。

牛島の使う貫心流は「槍構えからの諸手突き」を特徴とする。

手口は見事に一致していた。

「まさかな」

「まさかとは、どういうことでしょう」

「別に、こっちのはなしだ」

「お役人さま、近頃はこの界隈で辻斬りが横行しております。かの弓箭筋のお侍が怪しいのではないかと、わたしめは考えておるのですが」

「余計な詮索はいたすな」

「はい、申し訳ござりませぬ」

胡散臭《うさんくさ》い手相見の進言どおり、牛島が刀を質屋に預けたことを祈りつつ、勘兵衛は四ツ辻から離れていった。

五

翌日。

銀座にある知りあいの質屋から、聞き捨てならぬはなしが舞いこんできた。

昨晩の深更、妙な刀が持ちこまれたというのだ。

さっそく銀座の裏通りにひっそり佇《たたず》む建物を訪ねてみると、質屋の主人は難しい顔で黒鞘に納まった刀を差しだした。

「うぽっぽの旦那、これにございます」

「おう、それか」

黒糸で菱巻きにした柄には見覚えがある。

「茎《なかご》の銘を拝見し、驚きました。年に一度出るか出ないかの逸品にございます」

「ほう。刀匠の名は」

「藤源次助真。大名家から公方さまに献上されても、まったく不思議ではないほどのお品です。さ、どうぞ」

勘兵衛は、ずっしりとくる刀を鞘ごと手渡された。

「抜いていただいて結構ですよ」

「ん、よし」

すんなりとは抜けず、ざらりとした感触だ。

その理由は、すぐにわかった。

先端から棟区《むねまち》に向かって一尺ほどのあいだに、血糊《ちのり》がべっとり付いているのだ。

「ご覧のとおり、新しい血にござります。凶事に使われた刀であることは明白。どうしても買ってほしいと仰るので、三両の値を付けました。ただも同然です。まさか、置いていくとはおもいませんでしたが。それでいいと仰って」

質屋の主人はいったんは引きうけたものの、熟考のすえ、やはり、凶事に巻きこまれてはいけないとおもい、信頼のおける勘兵衛に一報したのだという。

「ありがとうよ。で、どんなやつだい。これを持ちこんだのは」

「折助風の男でした。どこにもあるような顔なので、よくおぼえておりません」

「そうか、折助か」

丁子刃を眺めながら、勘兵衛はほっと溜息《ためいき》を吐く。

目にした刀は、牛島七郎兵衛からみせてもらったものと酷似していた。

携えてきた者が別人だとわかり、わずかに安堵《あんど》をおぼえたのだ。

無論、疑いは残る。

どっちにしろ、本人に聞いてみるよりほかにない。

「この刀、ちょいと預かっといてくれ」

「かしこまりました」

勘兵衛は刀を返して質屋を去り、牛島のもとへ向かった。

先日知らされていた住まいは、築地御門跡を抜けた明石町にあった。

砂浜に点在する漁師小屋のひとつで、目の前の江戸湾から吹いてくる潮風に晒されている。

背後の堀に架かる橋は「寒さ橋」と俗称されているほどで、ともかく、凍えてしまうほど寒いところだ。

「ひでえな」

足を運んでみると、想像していたよりもひどい。

なかばくずれかけた小屋のなかで、幼い子どもたちが身を寄せあっている。

「邪魔するぜ」

応対に出た娘の佐保は、唇の色を失っていた。

「父はおりません」

「そうかい。行き先はわかるか」

「たぶん、新橋のほうだとおもいます」

「新橋」

「はい」

金貸しの用心棒をやっているという。

「いつから」

「三日前からです」

佐保はしっかりと応じ、淋しそうに俯《うつむ》いた。

「昨日は朝まで帰ってきませんでした。でも、握り飯をたんと携えてまいったので、弟たちは嬉しそうでした」

「いってえ、誰に雇われてんだ」

「たしか、出雲の猪次郎と仰る親分さんです」

「まことかよ」

勘兵衛は、ことばを失った。

辰三殺しの下手人と目される男のもとで、牛島七郎兵衛は三日前から用心棒をやっているというのだ。

佐保は、小首をかしげてみせた。

「お役人さま、どうかなされましたか」

「い、いや、何でもねえ。それより、おめえら、こんなところで平気なのか」

「平気です。漁師さんたちの網直しを手伝えば、家賃は只《ただ》にしてもらえます」

生活に苦しい自分たちはここに住むしかないのだと、佐保は口には出さないが目で訴えかけてくる。

「すまねえな。今のおれにゃ、これっぽっちのことしかできねえ」

勘兵衛は手持ちの銭をぜんぶ佐保に手渡し、今しも吹きとばされそうな漁師小屋をあとにした。

六

出雲の猪次郎は傲慢《ごうまん》を絵に描いたような人物で、世間の評判は悪い。

そもそも、高利貸しで評判の良い人物などいないが、猪次郎は血も涙もない男として知られ、貸し金の取りたての際は情けの欠片《かけら》もみせたことはなかった。娘を借金のカタに取り、脅しが通用しないときは手荒なまねもする。

そうしたとき、用心棒は力量をみせねばならぬ。

嫌な仕事だった。並みの神経ではつとまるまい。

牛島は迷ったあげく、そうせざるを得なかったのだろうと、勘兵衛はおもった。

「ごめんよ、親分はいねえか」

猪次郎のもとを訪ねてみると、気の短そうな連中が応対に出てきて、主人は外出しているという。用心棒も随伴しているとのことなので、しばらく外で帰りを待つことにした。

やがて、夕陽もかたむきはじめたころ、大路を通って猪次郎の一行が帰ってきた。

手下ふたりと牛島を従えている。

猪次郎は目敏《めざと》く勘兵衛をみつけ、自分から近寄ってきた。

「お役目、ご苦労さまです」

平目《ひらめ》のような顔で下手に出られたので、少しばかり面食らう。

「伏見の辰三が殺られてから、あっしのまわりを殺気立った連中がうろついておりやしてね。辰三を殺らせたな、この猪次郎だなどと、とんでもねえ噂を流していやがるんでさあ。旦那、どうにかしてくださいよ」

立て板に水のごとく喋《しゃべ》り、猪次郎は袖口に金を捻《ね》じこもうとする。

勘兵衛は、袖を振って拒んだ。

「どうしたってんです。袖の下が欲しかねえんですかい。それとも、おめえさん、敵のまわし者かい」

険しい顔で糾《ただ》され、勘兵衛は失笑する。

「あいにくだが、敵でも味方でもねえ。おれの役目はな、のさばる悪党を始末すること」

だ」

「ふふ、あっしが悪党だと仰る。旦那は知らねえでしょうけど、あっしはお救い小屋に毎年大金を寄付しているんですぜ。町奉行所のお歴々は、あっしに一目置いていなさるんだ。旦那も、ちょいと付きあい方をお変えになったほうがいい」

「けっ、偉そうに」

「何だって。おめえさん、言っちゃわりいが、しょぼい臨時廻りだろう。穴《あな》っ端《ぱた》に片足突っこんだ老《お》い耄《ぼ》れがよ、粋がるんじゃねえぜ」

猪次郎は地金を晒し、ぺっと唾を吐いて背中をみせる。

「ふん、そうとうな自信だな」

おおかた、町奉行所の与力あたりに懇ろな知りあいがいるにちがいない。

しんがりに従っていた牛島が、ほかの連中に気づかれぬように目配せを送ってくる。

勘兵衛は物陰に隠れ、しばらく待った。

牛島はいったん建物に引っこみ、ほどもなく外へ出てくる。

手下どもと親しげに挨拶《あいさつ》を交わし、何食わぬ顔でこちらへやってきた。

「おい、ここだ」

手招きすると、先に立って歩き、ふたつほど辻を曲がって屋台の蕎麦屋へ潜りこむ。

勘兵衛はさっそく、燗《かん》酒と盛り蕎麦をふたつ注文した。

出された酒を注ごうとしても拒み、牛島は黙って冷たい蕎麦だけ啜《すす》りはじめる。

「どうした。金貸しの用心棒に堕《お》ちたのを恥じているのか」

「いいや。そっちの腹を探っておるのよ。何しにきたのかとな」

「昨夜、久保丁原で金貸しが斬られた」

「ああ、聞いた。猪次郎と張りあっていた相手らしいな」

「手口は突きだ。一刀で心ノ臓を貫かれていやがった」

「屍骸をみたのか」

「たまさか、通りかかったものでな。ほとけは妙なものを握っていた。たぶん、鍔もとまで刺しこまれたとき、咄嗟《とっさ》にちぎりとったものだろう」

勘兵衛は袖口から、木鈴を取りだしてみせる。

「なるほど、それで、わしのところへ来たのか」

牛島は顔色ひとつ変えない。

「おぬしの刀の鍔に付いていたものだろう。たしか、使わぬための呪いであったな」

「さよう。しかし、因果はめぐるとしか言いようがないな」

そう言って、牛島は腰の刀を抜いてみせた。

おもわず仰《の》けぞったものの、刃に輝きはない。

「竹光か」

「そのとおり。あれは質に入れた。三日前の晩、そのさきで辻占《つじうら》に手相を観てもらったら、弓箭筋の相が出ていると抜かす。刀を捨てるか質に入れねば、凶事に遭うと脅されてな、手相見の言うことに従ったのさ」

「素直な男だな」

裏を取るべく、入れた質屋の名を聞くと、その店は銀座にあったが、勘兵衛に情報をくれた質屋ではなかった。

「疑われても仕方ないが、殺ったのはわしではないぞ」

牛島のことばを信じれば、愛刀は短いあいだで数奇な運命をたどったことになる。

何者かが牛島の預けた質屋から刀を買いうけ、凶事におよび、そのあと別の質屋へ三両で売りつけたのだ。

そのようなことがあり得るのだろうか。

しかも、凶事に使われた刀の持ち主は、辰三殺しの疑いが掛かる猪次郎に雇われ、用心棒をやっているのだ。

「その木鈴、どうして付けたか、教えてつかわそう」

牛島は遠い目をしてみせ、訥々《とつとつ》と喋りはじめた。

「もう、五年もまえのはなしになる。とある日、わしは馬廻り役として、殿様の遠駆けにお供した。いつもよりも遠出をしてしまい、激しい夕立に降られて森に迷いこんでしまった。森を出たときは真っ暗でな、仕方なく近在の農家を頼り、一夜の宿を求めたのだ」

真夜中過ぎに物音がするので起きてみると、小屋を大勢の農民たちが取りかこんでいた。みな、手に手に鋤《すき》や鍬《くわ》を持ち、目を三角に吊りあげている。

聞けば、村は年貢米も納められぬほど困窮しており、娘を売った金を年貢の代わりに納める者まであった。母親は乳も出なくなり、幼い子らは泣くことも忘れてしまっていた。酷薄な統治に憤りをおぼえていた者たちが、殿様がいると知り、牙を剝いてみせたのだ。

「みな、骨と皮ばかりに痩せておってな、まるで、地獄から亡者がやってきたかのようだった」

こちらの手勢は五人しかおらず、まともにやりあったら、殿様の命は危うい。

牛島は単身、愛刀を抜いて躍りだし、先頭でいきりたつ若者の面前へ駆けよせるや、抜き際の一撃で首を飛ばしてみせた。

「それが庄屋の跡取りだということは、あとで知った」

恐れをなした村人は得物を捨て、蜘蛛《くも》の子を散らすように逃げていった。

牛島たちは殿様を馬に乗せ、死に物狂いで村を飛びだし、森を駆けぬけ、明け方まで馬に鞭《むち》をくれつづけた。そのあいだ、牛島は村人の首を刎《は》ねたことを悔やみつづけていたという。

「そんなことは後の祭りさ」

牛島たちは、どうにか城へたどりついた。

さっそく、討伐の兵が送られたが、村は蛻《もぬけ》の殻《から》で、村人たちはひとりのこらず逃散《ちょうさん》したあとだった。

「わしは殿様から直々にお褒めのことばをいただき、褒美の品まで頂戴した。されど、心は晴れぬ。あのときから、いずれ藩を捨てるであろうことは念頭にあった。ともあれ、わしは御神木の朴を使って木鈴を彫り、刀を封印することにした。爾来《じらい》、人を斬るために刀を抜いたことはない。武士のことばだ。信じるか」

「無論さ」

勘兵衛は頷き、もういちど酒を注ごうとする。

牛島はぐい呑みで素直に受け、ひと息でのどに流しこんだ。

「ふう、美味い。暗くなってきたな。そろりと戻らねばならぬ」

猪次郎は毎夜のように宴席へ繰りだすので、用心棒の役目を果たさねばならないという。

「竹光であることがばれると、稼ぎを失ってしまう。黙っていてくれ」

「承知した。だが、無理はせぬことだ。おぬしにまんがいちのことがあれば、子どもたちが路頭に迷う」

「そうさせぬために、用心棒をやっておるのさ。ふふ、おぬし、漁師小屋を訪ねてくれたのか」

「ああ」

「ひどいところさ。金を貯めて早々に、引きはらわねばならぬ」

「そうだな」

「できれば、正月はもっと暖かいところで、みなと迎えたい」

「ふむ、それがいい」

「すまぬが、わしにはかまわんでくれ。十手持ちがそばにおると、用心棒としてはやりにくい」

「ああ、わかったよ」

「ではな」

牛島は小銭を出し、勘兵衛のぶんまで代金を払った。

「先日、お借りした飲み代だ」

片目を瞑《つぶ》り、親しげに笑ってみせる。

勘兵衛も、にっこり笑いかえしてやった。

「おっと忘れるところだ。これを持っていけ」

木鈴を差しだすと、牛島は静かに頷く。

暖簾を振りわけて外へ出ると、白いものがちらちら落ちてきた。

七

その夜遅く、江戸は雷雲に覆われ、八丁堀の町並みも稲光に煌々《こうこう》と照らしだされた。

築地の御門跡では御神木に稲妻が落ち、倒壊してしまったとも聞き、勘兵衛は不吉な予感を抱いたが、夜が明けると雷は嘘のように鎮まった。

房楊枝で舌の苔《こけ》を落としていると、岡っ引きの銀次が血相を変えて飛びこんでくる。

「旦那、てえへんだ。例のお侍えが斬られやしたぜ」

銀次には事情を告げてあったので、斬られた侍が牛島七郎兵衛であることはすぐにわかった。

「さいわい、命はとりとめた様子ですが、かなりの深手を負ったと聞きやした」

昨晩、出雲の猪次郎ともども、刺客に襲われたのだ。

相手は五、六人おり、浪人者もふくまれていたらしい。

牛島が楯になったおかげで、猪次郎は無傷で済んだものの、手下ふたりも手傷を負わされた。

「今んところ、襲った連中の素姓はわかりやせん。殺された辰三のところの若い衆頭、巳吉のやつが仕返しでもしたんでしょう」

「牛島はどうしてる」

「金瘡医《きんそうい》が手当したあと、おっぽりだされたとか」

竹光を差していたのがばれ、用心棒を首になったらしい。

「命の恩人をお払い箱にしやがって。猪次郎ってのは噂どおり、情けの欠片もねえ野郎でやすぜ」

「傷の具合えが心配えだな」

「仁徳先生に声を掛けておきやしょうか」

「そうしてくれ」

銀次はぐっすり眠っている仁徳を起こし、探索に戻っていった。

勘兵衛は不機嫌な藪《やぶ》医者をともない、築地の明石町へ急いだ。

「うぽっぽ、とんだ侍えに関わったな」

仁徳はいつもの皮肉めいた口調で言い、のんびり従いてくる。

「今さら急いでもしょうがねえ。死ぬ者は死ぬし、生きる者は生きる。そいつに運がありゃ助かる。それだけのはなしじゃ」

ふたりは寒さに震えながら、御門跡の門前を通りすぎ、寒さ橋を渡った。

「あれか」

吹きさらしの漁師小屋を眺め、仁徳は溜息を吐いた。

「親より、子どもたちのほうが心配えだぜ」

小屋に近づくにつれ、風音が泣き声に聞こえてきた。

いや、本物の泣き声だ。

幼子たちが泣いている。

「まさか」

死んだのではあるまいなとおもい、小屋の木戸を引きあけた。

すると、牛島は褥《しとね》に身を横たえており、周囲に集まった子どもたちが泣きじゃくっている。

「誰かとおもったら、おぬしか」

存外に元気そうな声を発したので、ほっと肩の荷を下ろす。

牛島は子どもたちに手伝わせ、上半身を引きおこした。

「動くな、莫迦《ばか》者」

仁徳は悪態を吐き、雪駄を脱いで板の間にあがる。

「おれは金瘡医だ。黙って言うことを聞け」

威勢の良い老い耄れ医者の迫力に吞まれ、牛島はむっつり黙りこむ。

仁徳は傷口に当てられた布をそっと引っぺがし、ふうっと溜息を吐いた。

「布を代えたほうがいい。このままだと膿《うみ》が出るぞ」

仁徳のいつにない真剣な顔が、重傷であることを物語っている。

牛島は尋常でない痛みに耐え、ほとんど気力だけで目を開けていた。

「左の肩口から、ばっさり斬られた。右手は動く。ほれ、このとおり」

動かそうとした途端、呻《うめ》きを漏らす。

「莫迦たれ、じっとしてろ」

治療する仁徳の叱責が飛ぶ。

少しでも動かすと、焼き鏝《ごて》を傷口に捻じこむような痛みに襲われるのだ。

勘兵衛は、上がり端《はな》に尻を掛けた。

「災難だったな」

「ふふ、やはり、竹光で用心棒はつとまらぬ」

「斬った相手は、どんな男だ」

「わしと同じ食いつめ者さ。切れ長の目を赤く光らせておった。何人もの人を斬った目だな、あれは」

「そうか」

「もうひとつ、そやつも貫心流の突きを体得しておる」

「なるほど」

ふと、勘兵衛は板の間の隅に目をやった。

小判が十枚並べてある。

幼子たちはどうしたわけか、その小判をみながら泣いていた。

牛島は、苦しそうに吐きすてる。

「佐保を売ったのだ。猪次郎の所望でな。十両あれば、一年は食える」

「この野郎、何てことをしやがった」

勘兵衛はがばっと立ちあがり、怒りで拳を震わせる。

「ふざけんじゃねえ。てめえ、売れねえものがふたつあると言ったろうが」

「ああ、言ったさ。刀と娘は売れぬとな。だが、背に腹は代えられぬ。佐保も……佐保も、笑って頷いてくれたのだ。くそっ」

牛島は喋りながら、嗚咽を漏らしはじめる。

仁徳は呆《あき》れかえった顔で、重い溜息を吐いた。

泣けばそれだけ傷口は開き、心の傷も疼《うず》くにちがいない。

勘兵衛は身を寄せ、牛島のからだを褥に寝かせてやった。

「おれに任せておけ。わるいようにはしねえ」

耳許で囁き、仁徳に後顧のことを頼んで背を向ける。

「す、すまぬ」

牛島は涙を拭き、震える右手で拝んでみせた。

八

猪次郎の行方を追って、夕暮れの川面を漕ぎすすんでいる。

勘兵衛は小舟に乗り、大川を遡《さかのぼ》って対岸の向島をめざした。

墨堤《ぼくてい》は雪の衣を纏い、夕陽に照らされて薄桃色に輝いている。

川面は臙脂《えんじ》色に染まり、夕陽が落ちて溶けだしたかのようだ。

目に染みるすばらしい光景も、今の勘兵衛にとってはどうでもよい。

頭にあるのは、父や弟たちを心配する佐保の健気《けなげ》なすがたであった。

髪を銀杏返しに結った十三の娘に、いきなり手を出すような無謀はすまいとおもいつつも、一抹の不安はある。

売られた娘は、覚悟のうえとはいえ、心を深く傷つけられるものだ。

一刻も早く、悪党どもの手から解きはなち、安心させてやりたいと、勘兵衛は心の底から願った。

銀次には、猪次郎を襲った連中を捜させている。

十中八九、巳吉がやらせたにちがいないのだが、確乎たる証拠を摑《つか》まないかぎり、しょっ引くことはできない。

牛島を斬った刺客の正体も気になった。

竹光だったとはいえ、牛島は貫心流の遣い手である。それほど容易に斬られるとはおもえない。刺客はそうとうな力量の持ち主と考えておかねばなるまい。

小舟は暮れゆく川面をのんびりと遡上《そじょう》していく。

すれちがう雪見船は、苫船《とまぶね》や屋根船が多く、たいていは男女一組で乗っている。

少し羨ましくも感じたが、自分の楽しみよりも、牛島の子どもたちにどうにかして幸福になってほしいという気持ちのほうが勝った。

小舟は吾妻橋《あづまばし》を過ぎて舳先《へさき》を東に向け、竹屋渡しのほうへ近づいていった。

桟橋は三囲稲荷《みめぐりいなり》の境内と繋《つな》がっており、境内には『笹雪』という高級料理屋が建っていた。今どきは、てっちりを食わせる。刺身も天麩羅も付けた河豚《ふぐ》づくし、贅沢《ぜいたく》に命を賭ける酔狂者が集まってくる。

猪次郎は『笹雪』で大口の客と会っていると聞いたが、主賓の素姓はわからない。

どうせ、同じ穴の狢《むじな》だろう。

桟橋で小舟を降り、雪道を踏みしめる。

相手が誰であろうと、宴席に踏みこむつもりだ。

勘兵衛は、そっと襟を寄せた。

表口に客はおらず、下足番に目配せをして廊下へあがる。

膳ごしらえの女をつかまえ、猪次郎の宴席を尋ねると、何ひとつ疑う素振りもみせずに、奥の座敷だと教えてくれた。

廊下をさらに進むと、こぢんまりした中庭がみえた。

雪に覆われたなかで、南天が真っ赤な実をつけている。

白い綿帽子をかぶった石灯籠《いしどうろう》には火が灯され、中庭は閑寂とした落ちつきを保っていた。

長い廊下を曲がると、三味線の音色や芸者たちの嬌声《きょうせい》が聞こえてきた。

勘兵衛は大股でずんずん進み、なかば開けはなたれた襖《ふすま》から、するりと座敷のなかへ忍びこんだ。

ちょうど目の前で、芸者が艶《あで》やかに踊っている。

ところが、闖入者《ちんにゅうしゃ》のすがたをみて、女たちはことばを失い、三味線も踊りも中断してしまった。

上座のほうから、平静を装った声が掛かる。

平目顔の猪次郎だ。

「おや、どなたかとおもえば臨時廻りの、名は何と申されたか」

「長尾勘兵衛だ」

「さよう。長尾さまでしたな」

猪次郎のかたわら、上座には黒羽織の役人が座っている。

「あ、柿崎さま」

驚いたのは、勘兵衛のほうだ。

憮然《ぶぜん》とした顔で座っているのは、南町奉行所の町会所見廻り与力、柿崎左門之介にほかならない。

柿崎は、お救い小屋の仕切りも任されている。首が痛くなるほど見上げねばならないほどの相手だ。

「うぽっぽか」

「は」

「何しにまいった。宴席をまちがえたか」

「い、いえ」

「されば、何用じゃ」

重々しく糾され、覚悟をきめた。

「行方知れずになった武家の娘を捜しております」

「武家の娘とな」

「はい。父親が大怪我を負った隙に、金貸しが奪っていきました。拙者、瀕死の父親から依頼を受け、娘を取りもどしにまかりこした次第」

「何を寝惚けたことを抜かす。この宴席に逃げこんでおるとでもいうのか」

「いいえ。ただ、調べましたところ、そこに座る猪次郎なる金貸しがこの件に関わっております。娘の所在を知っていると存じますので、ご無礼をも顧みず、お邪魔いたしました」

「さようか」

柿崎は猪次郎に向きなおり、真偽を糾す。

猪次郎は顔色を変えつつ、首を振ってみせたが、勘兵衛がひきさがるはずもない。

「柿崎さま。同心の拙者と金貸しの猪次郎、どちらを信じていただけましょうや」

どうせ嘘なら吐きとおす。猿芝居なら仕舞いまで演じてみせるのみだ。

こうしたところ、勘兵衛は胆《きも》が据わっている。

「もし、拙者をご信じいただけぬのならば、不肖長尾勘兵衛、この場にて皺腹搔っさばいてみせましょう」

両方の膝を落として正座し、しゅるっと着物の前をはだけてみせる。

さすがに柿崎は海千山千の与力らしく、勘兵衛の意図を見抜いた。

「長尾よ、娘ひとり帰れば、それで文句はないのか」

「はい」

「されば、今宵のことは貸しにしておくが、それでよいな」

「御意にござる。今宵、この場で柿崎さまと高利貸しが昵懇《じっこん》にしていたなどと、けっして口外はいたしません」

「よう言うた。わしはな、御奉行がおぬしに目を掛けておられるのを知っておる」

「何を仰いますやら。根岸肥前守さまは雲上人、拙者のごとき虫螻《むしけら》など、眼中にございりますまい」

「くかかか」

柿崎は、白いのどを反《そ》らして笑った。

「食えぬ男よ。まあよい。おぬしは見掛けによらず、骨のある廻り方だ。袖の下を受けとらぬことも聞いた。それはわかっておる。ただな、念押しになるが、今宵のことは忘れろ。与力が金貸しの接待を受け、つまらぬ悪事を揉《も》みけしてやる。それが許せぬとあれば、娘のことは忘れるしかあるまいぞ」

「ふはは、何の。悪事のひとつやふたつ、酒に流して忘れましょう」

「さようか、よし」

柿崎は狡猾《こうかつ》な笑みを浮かべ、猪次郎に顎《あご》をしゃくる。

「聞いたか。今夜のところは、おぬしの負けじゃ。わしが上座に座っておったのが、おぬしにとって災いとなったな。娘を帰してやれ。よいな」

「へい。そりゃもう、柿崎さまの仰せならば、喜んで従うしかありません」

このときばかりは、勘兵衛も腹黒い与力に感謝した。

九

佐保は戻った。牛島も順調に快復しつつある。

師走も二十五日になると、町中から餅搗《もちつ》きの杵音が響いてくる。

家々の屋根も道も真っ白な雪に覆われ、子どもたちは犬と戯れながら駆けまわっている。

そうしたなか、出雲の猪次郎と殺された辰三の後釜に座った若い衆頭の巳吉が、密かに手打ち式をおこなった。

仲介の労をとったのは町会所見廻り与力の柿崎左門之介で、辰三殺しの調べをすすめる勘兵衛としては三者の関わりに疑いを持たざるを得なかった。

あれほど猪次郎を憎んでいた巳吉が、どうして手打ちに応じたのか。

さらには、柿崎がなぜ、高利貸し同士の小競りあいに口を差しはさむのか。

胸にわだかまった問いの答をみつけるべく、足を棒にして関わった者のはなしを聞いてまわったが、これといった成果も得られず、気づいてみれば暮れ六つの鐘が鳴っていた。

——ごおん。

冬の日没は早い。

逢魔刻《おうまがとき》と呼ぶ頃合いとなり、人気《ひとけ》のないところへ向かうのは危ういと感じたが、牛島一家の様子を窺いたくなり、築地の御門跡へ足を向けた。

追いはぎの出没する采女《うねめ》ヶ原《はら》を急ぎ足で通りかかったとき、予感どおり、殺気を帯びた連中が躍りだしてきた。

「三人か」

正面にひとりと背後にふたり、いずれも食いつめ浪人どもで、顔を隠さずに晒している。物盗りならば、十手持ちを狙うまい。

こちらの素姓を知る者たちとみて、まずまちがいなかろう。

辰三を殺《あや》めた連中だろうか。

頭に浮かんだ問いを、勘兵衛は口に出した。

「おめえら、伏見の辰三を襲った刺客どもか」

「ふっ、勘が良いな。一見弱そうにみえて、じつは牙を隠している。言われたとおりの男かもしれん」

「わかったぞ」

「何がわかったのだ」

「おぬしらを雇った者が誰か、わかっちまったのよ」

「ほう、ちなみに聞いておこうか」

「柿崎左門之介」

名を発した途端、正面の男が顔色を変えた。わかりやすい男だ。

「ふふ、図星のようだな。一見ものわかりが良いようにみえて、じつは腹黒い。それが柿崎という御仁よ。それにしても、まさか、同じ釜の飯を食う仲間を葬ろうとはな」

「恨み言があれば、あの世で吐くがいい」

三人は同時に、白刃を鞘走らせる。

勘兵衛は腰を落とし、背帯の十手を引きぬいた。

「おめえ、名は」

「詮無いことを聞くな」

「いいから、教えてくれ」

「栖吉琢磨《すよしたくま》」

刺客にはまだ、名乗りあげるだけの矜持《きょうじ》があるらしい。

栖吉は一尺五寸ほどの白刃を右八相に持ちあげ、じっとこちらを睨みつけた。

人を斬ったことのある目だ。

咄嗟にそうおもいつつ、勘兵衛はまた問いかける。

「その刀、質流れの鈍刀《なまくら》か」

「何だと」

「証拠を残さぬように、殺しのときは質流れの刀を使うのであろう」

「だからどうした」

「そのおかげで、迷惑をこうむった者がいる」

「知ったこっちゃないわ」

栖吉は白刃を立てたまま、踏みこみも鋭く、袈裟懸《けさが》けに斬りつけてくる。

「おっと」

勘兵衛は初太刀を躱《かわ》しながら、妙だなとおもった。

「おぬし、貫心流の遣い手ではないのか」

「ふん、何をごちゃごちゃ抜かしておる」

栖吉は前のめりに近づき、中段から水平斬りを仕掛けてきた。

こんどこそ、諸手突きを予想していた勘兵衛はたたらを踏む。

そこへ、背後のひとりが斬りつけてきた。

「ぬりゃお」

たいして鋭い太刀行きではないが、ばさっと左の袂《たもと》を断たれた。

「くそっ」

肘にも浅く傷を負う。

不覚を取った衝撃が、身を強張らせた。

「ふん、たいしたことはなさそうだな」

栖吉はうそぶき、ふたたび右八相に構えた。

背後のふたりは青眼に構え、容易に斬りかかってはこない。

栖吉より力量が劣るのは明白で、数合わせに雇われた連中にすぎない。

正面の栖吉琢磨だけを、どうにかすればよかった。

そうおもいなおし、余計な力を抜いた。

十手を口に咥《くわ》え、止血のために手拭いで左腕を縛りつける。

その隙を逃すまいと、栖吉は素早く踏みこんできた。

「くりゃ……っ」

すでに、銀流しの十手は、勘兵衛の右手にあった。

「莫迦め、誘いに乗ったな」

上段からの袈裟懸けを受け、火花を嚙《か》みつつ、鉤《かぎ》の手で白刃を挟む。

――がりっ。

梃子《てこ》の要領で十手を捻ると、栖吉のからだは仰けぞった。

晒された鳩尾《みずおち》めがけ、勘兵衛は右膝を叩《たた》きこむ。

「うぐっ」

栖吉は白目を剝き、その場に頽《くずお》れた。

「莫迦な野郎だ」

勘兵衛は十手をくるっと旋回させ、後ろのふたりを睨みつける。

「まだやる気か。役人殺しは失敗《しくじ》っても、磔《はりつけ》獄門だぜ」

ふたりは納刀しながら後退《あとずさ》り、闇の狭間《はざま》へ逃げこむ。

勘兵衛は、気を失った栖吉を後ろ手に縛りつけた。

「おれを仕留める気なら、中途半端な手は打たねえほうがいい」

頭には、柿崎の顔が浮かんでいる。

どっちにしろ、売られた喧嘩は買わねばなるまい。

ただし、痩せても枯れても相手は与力、正面からぶつかっても潰《つぶ》されるだけのはなしだ。

「さあて、ここが思案のしどころだな」

冬ざれの野面には寒風が吹きあれている。

勘兵衛は火照ったからだを冷まし、おもむろに歩きだした。

十

栖吉琢磨はただの雇われ浪人で、からくりのすべてを知っているわけではなかった。辰三を斬った刺客も栖吉ではなかったが、辰三殺しが意外な人物によって仕組まれたことを知っていて、罪を軽くしてやることを条件に喋った。

その人物とは、辰三の右腕となって若い衆を束ねてきた巳吉だった。

栖吉の告白とみなで調べたことを持ちより、辰三殺しの大筋が炙《あぶ》りだしのように浮かんできた。

勘兵衛の家には鯉四郎と銀次がおり、仁徳も顔を出している。

四人は酒を呑みながら月を愛で、静のつくったねぎま鍋に舌鼓を打っていた。

ねぎま鍋は鮪《まぐろ》の切り身とたっぷりの葱《ねぎ》を小鍋仕立てにしたもので、これに精のつく柚飯がつく。

一見、和やかそうにみえるが、四人のあいだで語られている内容は焦臭い。

「黒幕は柿崎左門之介とみて、まちげえねえな」

勘兵衛は確信を込める。

銀次の調べで、柿崎は猪次郎から、月に十両の手当を受けとっていた。

「お救い小屋で粥になるはずの献上金を、ピンハネしていやがるんだ」

柿崎は同様の手口で金を得ようと欲を掻き、伏見の辰三にも声を掛けた。

ところが、辰三は骨のある悪党で、柿崎の申し出をやんわり断った。

おもいどおりにならない辰三をどうにかしたいと、柿崎は考えた。

そこへ、乾分《こぶん》の巳吉から内々に、おもいがけない申し出があった。

辰三を殺めたのち、自分を後釜に座らせてほしいという内容で、柿崎は二つ返事でこれを受け、猪次郎にも了解させた。

こうした悪だくみが交わされ、辰三は葬られたのだ。

後始末についても、筋は描かれていた。まずは、猪次郎が巳吉の放った刺客に襲われたとみせかけ、世間には両者の溝の深さをみせつける。小競りあいののちに、頃合いをみて手打ちに持ちこみ、辰三殺しをうやむやにしてしまうという筋書きである。

「与力の後ろ盾があれば、目玉が飛びでるほど高え金利で金を貸しても文句を言う役人はいねえ。柿崎のやつは、お救い小屋が建つたびに懐中が潤うって寸法だ。こいつはどうにも、許せねえな」

仁徳は激昂《げっこう》し、酒をかぽっと呷る。

銀次が首を捻った。

「わからねえのは、牛島さんのこってす。どうして、巻きぞいを食っちまったんでしょう」

勘兵衛も、そのことをずっと考えていた。

質に入れた愛刀が凶行に使われ、そのうえ、本人は猿芝居の犠牲になる恰好で深手を負わされた。すべての災いを牛島ひとりに背負わせ、悪党どもはのうのうとしているのだ。

「これも弓箭筋ってやつか」

いや、偶然というだけで済ませられない気もする。

「最初から仕組まれていたのでしょうか」

鯉四郎も、膝を乗りだしてきた。

「そうだな。牛島のような腕の立つ食いつめ者を捜していたのかもしれぬ」

野垂れ死んだところで、誰ひとり関心を向けない。そうした浪人にすべての罪をかぶせ、逃げ場をつくっておいたのだ。柿崎ほど慎重な男なら、その程度のことはやりかねない。

「ところが、牛島七郎兵衛はただの食いつめ者じゃなかった」

仁徳が真っ赤な顔で吼《ほ》える。

「なにせ、あれだけの子だくさんだ。男手ひとつで七人の子を育てあげているとわかれば、たいていのやつは同情する。世話焼きのうぽっぽなんぞの目に触れたら、まずは放ってはおかれなくなるわな。そのうちに、裏の裏までほじくり返され、挙げ句の果てはすべての悪事が露見する。そいつがわかったときは、後の祭りってやつさ」

「でも先生よ、相手は与力だよ。いってえ、どうやって抗うってんだ」

「んなこと知るか。与力だろうが奉行だろうが、悪党を成敗《せいばい》するのに二の足を踏むことはあるめえ。なあ銀次、おめえなんぞはそろそろ棺桶に入えってもいい歳だ。ここはひとつ、ぱっと華を咲かせてよ、見事に散ってみせるってのも粋《いき》だぜ」

「ふん、好き勝手なことをほざいてやがる」

「おや、何か言うたか」

「いいえ、別に」

ふたりの掛けあいを聞きながら、勘兵衛も料理の仕方を考えあぐねていた。

するとそこへ、静がやってきた。

「佐保という娘さんが訪ねてこられましたよ」

「え、こんな夜にか」

急いで玄関へ出向いてみると、佐保は静の置いた手焙《てあぶり》のかたわらで震えている。

「佐保、どうした」

勘兵衛が声を掛けると、十三の娘は目に涙を溜めて訴えた。

「父が、父が出ていきました」

自分を虚仮《こけ》にした連中を成敗するのだと言い、竹光を提げ、漁師小屋を出ていったのだという。

「何だと。くそっ、あいつも筋を読んだな」

佐保は泣かない。気丈な娘だ。

「ほかに何か言いのこさなかったか」

「かならず帰る。だから、待っていろと。それだけ言いのこし、出ていってしまいました」

半刻ほどまえのはなしだという。

行き先によっては、まだ止められる。

牛島の狙う相手は三人、猪次郎と巳吉、それに柿崎左門之介だ。

「あっ」

銀次が叫んだ。

「巳吉のやつ、手打ちのあとは吉日を選び、猪次郎のところで引きずり餅を搗くと言っておりやした」

「それは昼か、夜か」

「月見の餅搗きでやす」

「日和も良い。ひょっとしたら、今宵かもしれねえ」

柿崎も立ちあっている公算は大きい。年の瀬をまえに、餅代をたんまりせしめる腹だろう。

牛島はそこへ単身乗りこみ、自分を罠に塡めた連中を葬る気なのだ。

敵の刀を奪い、ひと暴れしてみせるつもりでいるのか。

ともあれ、無謀な試みを止めさせねばならぬ。

勘兵衛たちは身支度を整え、夜の町へ繰りだした。

十一

牛島七郎兵衛は沽券《こけん》に掛けても、ここは退《ひ》けぬとおもった。

左腕はまともに動かず、左手を握ることもままならない。

それでも、利き手さえ動けば何とかなると考えていた。

「許せぬ」

腹の底から湧きあがる怒りを抑えきれず、いとけない子どもたちを残して悪党の巣へやってきた。

まんがいちのときは、命を捨てる覚悟でいる。

可愛い子どもたちと武士の矜持を天秤に掛け、情けを振りきって足を運んだのだ。

牛島七郎兵衛にとって、守るべき最後の一線はけっしてぶれることのない生きざまであった。

藩を捨て、故郷を捨てたときも、自分らしい生きざまをしめしたかった。

江戸へ出て食うや食わずの暮らしを余儀なくされても、人の道を外れることだけは戒めてきた。

武士の矜持とは、うらぶれても恥じることなく、堂々と胸を張って生きぬくことだ。凛《りん》としたすがたをみせることで、子どもたちも筋の通った生きざまを体得してくれるにちがいない。そのことを望み、期待しながら、皹割《ひびわ》れた素足に擦《す》りきれた草鞋《わらじ》を履き、牛島は冷たい雪を踏みしめた。

「佐保、すまなんだな」

かならず帰ると約束したが、まんがいち約束を果たせなかったときは、弟たちの面倒をみてやってほしい。

それがかなわぬときは、弟たちを突き殺し、みずからものどを突いて果てよという意図を込め、脇差を置いてきた。

腰には竹光さえも帯びていない。

采女ヶ原の端に突きたててきた。

「あれは、わしの墓標かもしれぬ」

牛島は自嘲する。

もはや、後戻りはできなかった。

面前には高い壁のように、高利貸しの建物が聳《そび》えたっている。

「えいや、そいや」

内からは、餅搗きの勇ましい掛け声が聞こえてきた。

こんな夜に、餅を搗く阿呆《あほう》もおるまい。

ただの座興なのだ。

債鬼どもはそうやって景気をつけ、市中に散っていく。

――からん、ころん。

勘兵衛に返してもらった木鈴の美しい音色が響いた。

「おまえたち、行ってくるぞ」

敲《たた》かずとも、潜り戸は開いている。

牛島はするりと潜り、草鞋をきちんと揃えて脱ぎ、餅搗きの掛け声のするほうへ進んでいった。

廊下の向こうから、何人かの跫音《あしおと》が聞こえてくる。

牛島は脇の部屋に隠れ、人影をやりすごした。

猪次郎か巳吉の手下であろう。

酒に酔っている。

手下どもに用はない。

部屋から抜けだし、声のするほうへ近づいた。

物陰から様子を窺うと、中庭に篝火《かがりび》が焚《た》かれ、上半身裸の男たちが杵を持ちあげては振りおろしている。

引きずり餅は千本杵ともいい、男たちが数人で手杵を持ち、景気よく一気呵成《いっきかせい》に搗きあげる。掛け声を掛ける者、大声で餅搗き歌を歌う者とさまざまで、男たちは何やら楽しそうだ。

濡れ縁には毛氈《もうせん》が敷かれ、猪次郎と巳吉が酒を酌み交わしている。

上座には柿崎左門之介が胡座《あぐら》を搔き、偉そうな顔で酌を受けていた。

悪党どもは雁首を揃えている。
牛島は、ほくそ笑んだ。
柿崎の面前には三方が置かれ、小判が月見団子のように積まれている。
山吹色の小判を肴《さかな》に、悪党どもは下りものの上等な酒を呑んでいるのだ。
月も出ていた。
気のせいか、赤味がかっている。
牛島は、なかなか動こうとしない。
もうひとり、自分と同じ貫心流の突きを使う刺客の影を捜していた。
「おらぬな」
それらしき浪人のすがたはない。
辰三を葬り、一刀で自分に深手を負わせた刺客の目だけは、はっきりおぼえている。
死に神のような赤い瞳をしていた。
ほかにも、おぼえている特徴がある。
右腕の関節に、長さ三寸幅二分ほどの×印が入墨されてあった。
石川島と佃島のあいだにある無宿島の水玉人足にまちがいない。
おおかた、島抜けをやらかした食いつめ者だろう。

「あやつさえいなければ、丸腰でも何とかなる」

決意を固め、すっと踏みだす。

誰も気づかない。

刀を所有しているのは、柿崎ひとりだ。

滑るように、柿崎のそばへ近づいた。

「うわっ、誰だてめえ」

手下のひとりが気づき、叫び声をあげた。

かまわずに進むと、巳吉が躍りだしてくる。

「野良犬め、何しにきやがった」

匕首《あいくち》を抜き、突きかかってきた。

手刀で小手《こて》を叩き、鳩尾に膝を埋めこむ。

「うっ」

巳吉は気を失ったが、刀を奪う機を失った。

気づけば、杵を抱えた連中に取りかこまれている。

柿崎は慌てて後ろへ下がり、刀を腰に差したところだ。

仕方なく、巳吉の匕首を拾いあげた。

九寸五分の白刃は扱いにくいが、ないよりはいい。

「こんにゃろ」

背後から、段平《だんびら》を翳した手下が斬りこんできた。

牛島は難なく躱し、二の腕を斬ってやる。

「ひぇええ」

浅手のわりには、大袈裟に叫ぶ。

手下どもは警戒し、じりっと後退った。

あくまでも、狙いは柿崎左門之介と猪次郎だ。

無駄な殺生はすまいと、牛島は心にきめていた。

「てめえ、何のつもりだ」

柿崎のかたわらで、平目顔の猪次郎が吼えた。

「娘は帰えしたろうが」

「んなことはどうだっていい。おぬし、わしを謀《たばか》ったであろう」

「ふん、死にてえなら、望みどおりにしてやるぜ」

猪次郎はそう言い、ぴっと指笛を吹く。

篝火の炎が音を起《た》て、風もないのに大きく揺れた。

物陰からのっそりあらわれたのは、白い総髪に焙烙頭巾を載せた男だ。

「おぬし、あのときの辻占か」

誰あろう、牛島に剣難の相を告げた手相見にほかならない。

手相見の言を信じ、愛刀の藤源次助真を質に入れたのだ。

「なぜここに」

「ふふ、まだわからぬか」

手相見は焙烙頭巾を脱ぎ、白い総髪を剝ぎとる。鬘《かつら》なのだ。

わざわざ袖を捲りあげてみせると、右腕に×印の入墨もあった。

「おぬしが刺客であったか。なるほど、読めたぞ。わしを塡めたのは、おぬしだな」

「さよう。選ばれたのが災いのもとであったな。ただし、弓箭筋は出ておった。剣難の相は嘘ではないぞ」

「名乗れ」

「死にゆく者に名乗っても、詮無いことよ」

刺客は、ずらっと刀を抜いた。

匕首では勝負にならぬ。

もはや、これまでか。

牛島は死を覚悟した。

十二

沸騰する罵声《ばせい》や悲鳴、かちあう刃音を聞きながら、勘兵衛は悪党の巣へ踏みこんだ。

頭に浮かべたのは、牛島を罠に塡めた男のことだ。

「手相見か」

勘兵衛に「弓箭筋」と告げた手相見が仲間であったならば、すべての辻褄《つじつま》は合う。

牛島が質屋に愛刀を預ける気になったのも、そのあとを追って質屋から刀を買いうけたであろうことも、その藤原次助真を凶行に使い、別の質屋へ流したことも、すべて説明はつく。

勘兵衛は廊下を駆けながら、牛島の無事を祈った。

「義父上《ちちうえ》、お先に」

鯉四郎は風のように走り、廊下のさきを曲がる。

「うわっ、役人だ」

怒声が響く。

勘兵衛も廊下のさきを曲がった。

中庭ではふたりの浪人が対峙《たいじ》し、手下どもが遠巻きに取りかこんでいる。

「牛島、牛島七郎兵衛は生きておるか」

勘兵衛が叫ぶと同時に、赤い瞳の浪人が気合いを発する。

「いえい」

鋭い踏みこみから、槍構えの諸手突きが繰りだされた。

「うわっ」

おもわず、勘兵衛は目を瞠《みは》った。

突きだされた刀が、牛島の胸に吸いこまれていく。

「牛島」

勘兵衛の悲痛な叫びが、月影に照らされた中庭に木霊《こだま》する。

牛島は、がっくり膝をついた。

いや、そうではない。

右手で奪いとった脇差で、相手の腹を深々と刺しつらぬいている。

左胸には、二尺五寸の刀が刺さっていた。

「ぬおおお」

牛島は鬼の形相で吼えあげ、右手に握った脇差を引きぬく。
鮮血が噴きだし、赤い瞳の刺客は膝を折った。
前のめりに蹲《うずくま》り、ぴくりとも動かない。
その刺客が手相見であることを、勘兵衛は見抜いていた。
かたわらに捨てられた焙烙頭巾と白髪の鬘をみつけたからだ。
「たわけめ」
牛島は悪態を吐き、自分の左胸に刺さった刀を抜いた。
勘兵衛のすがたを廊下にみつけ、懐中から分厚い板を取りだしてみせる。
「貫心流の突きは、かならず心ノ臓を狙う。この程度の備えはあたりまえだ」
うそぶく牛島のことを褒めてやりたい気分だ。
その瞬間。
柿崎左門之介が顔色を変え、一喝《いっかつ》してみせる。
「長尾、そこな人斬りに縄を打て。そやつは辰三殺しの下手人じゃ」
毅然とした態度で命じられ、おもわず、身を強張らせた。
鯉四郎と銀次は佇んだまま、勘兵衛の出方を注視している。
猪次郎をはじめとする敵方も、臨時廻りの動向を固唾《かたず》を呑んで見守った。

牛島だけは、超然と踏んばっている。

どっちに転んでもいい。

すでに、覚悟はできているのだ。

勘兵衛はつっと歩を進め、柿崎の面前に身を寄せた。

にっこり微笑み、さらに一歩近づく。

「どうした。与力の命に従えぬと申すのか。されば、おぬしも同罪だ。人斬りを庇《かば》った罪で腹を切らねばなるまいが……」

柿崎は眦《まなじり》を吊りあげ、刀の柄に手を添えた。

「……いや、腹を切らずともよい。わしがこの場で成敗してくれる」

ぷつっと、鯉口が切られた。

と同時に、勘兵衛は身を沈める。

「ごめん」

十手の先端で腹を突かれ、柿崎は呆気なく気を失う。

「ひぇっ」

すぐ隣で、猪次郎が悲鳴をあげた。

逃げようにも、からだが動かない。

勘兵衛は、静かに言った。

「志を失った野郎に、あれこれ指図されたかねえ。なあ、猪次郎、世の中ってのはそんなに甘えもんじゃねえんだ。舐めてかかると、痛え目に遭うんだぜ。そいつを、わからしてやるよ」

無造作に十手を払い、猪次郎の頰桁をぶっ叩く。

骨の砕ける音がして、傲慢な高利貸しは庭先まで吹っ飛んだ。

「これで仕舞えだ。文句のあるやつは相手になってやる。文句がねえなら、餅でも搗いてろ」

勘兵衛は手下どもに命じ、猪次郎と巳吉の溜めた貸付証文を束ごと持ってこさせ、篝火のなかに抛《ほう》りなげた。

銀次が手を叩いて喜ぶ。

「へへ、これで首を縊らずに済むやつもいるだろうさ」

牛島もつられて笑う。

鯉四郎も笑っていた。

みなの笑う顔が、木食上人の彫った仏像の顔にみえた。

十三

柿崎左門之介はみずからの立場を利用し、お救い小屋へもたらされるべき献上金の一部を私腹したとして、切腹の沙汰を受けた。高利貸しの猪次郎と巳吉は打ち首となり、年越しを待たずして江戸の芥は一掃されることとなった。

一方、牛島七郎兵衛は武士の面目を保ったとして賞賛され、いっさいお構いなしの沙汰を受け、ついでに金一封まで頂戴した。

いよいよ今日は大晦日、江戸は朝から久方ぶりによく晴れた。

あやかり神が留守にしている八丁堀の閻魔店《えんまだな》には、おたふくの面や狐の面を付けた節季《せき》候《ぞろ》がやってきた。

「さっさござれやさっさござれや、せきぞろえせきぞろ、まいねんまいねん、まいとしまいとし、旦那の旦那の、お庭へお庭へ、飛びこみ飛びこみ、跳ねこみ跳ねこみ……」

薄汚れた扮装《いでたち》の物乞いたちが太鼓を鳴らし、ささらを擦りあわせ、騒々しく囃《はや》したてる。

勘兵衛はしばらく踊らせておいて近づき、おたふく面の袖口に小銭を施してやった。

「おありがとう存じます」

江戸の町々では、同じような光景が繰りひろげられている。

大晦日に露地を徘徊するのは、節季候と債鬼くらいのものだ。

多くの人々は年越しの仕度も終え、家族だけで静かに過ごす。夜になれば年越し蕎麦を食べ、炬燵《こたつ》で温まって除夜の鐘を聞き、気の早い連中は暗いうちから初詣に出掛けていく。

勘兵衛には、陽の高いうちに済ませておかねばならないことがあった。

黒羽織のうえから紙子の白い袢を纏い、懐中に鬼の面を仕込んでいる。

これより、節分の豆打に向かうのである。

豆を打つほうではなく、打たれる鬼を演《や》る。

「厄を祓《はら》いたいから手伝ってくれぬか」

と牛島に懇願され、気軽に請けおったところ、鬼を演るはめになった。

「父上が鬼になるなんて、何年ぶりのことでしょう」

おもしろがって従いてきた綾乃が、静とともに笑いかけてくる。

「不本意なはなしだぜ」

口では言いながらも、勘兵衛はわくわくしていた。

年納めに、子どもたちの喜ぶ顔がみたいのだ。

牛島一家はみなが望んだとおり、吹きさらしの漁師小屋を引きはらうことができた。

もちろん、閻魔店を紹介したのは勘兵衛だ。

一家八人で暮らすのに、ひと部屋では狭すぎる。ふた部屋つづきで借りうけることにしたのだが、只で貸すわけにはいかない。牛島に定まった収入の目処《めど》が立たなければ、決断できなかった。

だが、捨てる神あれば拾う神ありとはよく言ったもので、牛島は特技を活かして口を糊《のり》する仕事を得た。

世話をしてくれたのは、ほかならぬ、南町奉行の根岸肥前守である。

「御門跡から相談があってな、倒れた御神木を何とか生かしてもらえまいかと申す。そこで、わしは閃《ひらめ》いた。木鈴よ。おぬしから聞いたはなしをおもいだしてな、ほれ、子沢山の浪人が木鈴を器用に彫るというはなしじゃ。これも木食上人のお導きやもしれぬ。御神木から木鈴をつくり、参詣者に売るのさ。只ではやらぬ。ご利益のある木鈴じゃからな」

口には出さなかったが、子沢山の浪人を気遣い、智恵をしぼってくれたにちがいなかった。

一個百文の賃仕事になると聞き、勘兵衛は膝を打った。

さっそく、牛島に告げてやると、正月返上で木鈴作りに励むという。

子どもたちからも、歓声があがった。

海風から逃れることができ、しかも、三度の飯を食べられる。

一家にもたらされたのは、希望であった。

おそらく、今ごろは御神木の幹や枝が運びこまれていることだろう。

勘兵衛は鬼の面を付け、閻魔店の木戸門を潜りぬけた。

刹那、一斉に豆が飛んでくる。

「鬼は外、福は内」

嬉しそうに掛け声を発したのは、佐保であった。

来年は本厄の牛島も、必死に鬼打豆を投げている。

勘兵衛は両手を蒼天に衝《つ》きあげ、腹の底から怒声をあげた。

「ぐおおお」

幼子たちは雪のうえを逃げまわり、転んでは跳ねおき、向かってきては豆を投げつける。

勘兵衛の雄姿を木戸門の外から、静と綾乃がそっと見守っていた。

ふたりの楽しげな様子を確かめ、勘兵衛は幸福な気分に包まれる。

「鬼は外、福は内」

佐保の声はつかのまの冬日和にふさわしく、ともすれば凍えてしまいそうな心に一条の陽光を投げかけてくれた。

勘兵衛は豆に打たれながら、正義を貫くことの尊さを感じている。

「ぬおおお」

注意深く眺めてみれば、鬼の腰には名刀藤源次助真が差してあった。

すでに、牛島と娘の佐保だけは気づいている。

父娘の喜びにこたえるかのように、透かし鍔に結びつけた木鈴が「からん、ころん」と、穏やかな音色を響かせた。

『うぽっぽ同心十手裁き　狩り蜂』二〇一〇年十一月　徳間文庫

中公文庫

うぽっぽ同心《どうしん》十手《じって》裁《さば》き
狩《か》り蜂《ばち》

2024年12月25日　初版発行
2025年1月20日　再版発行

著　者　坂《さか》　岡《おか》　真《しん》

発行者　安部順一

発行所　中央公論新社
〒100-8152　東京都千代田区大手町1-7-1
電話　販売 03-5299-1730　編集 03-5299-1890
URL https://www.chuko.co.jp/

ＤＴＰ　ハンズ・ミケ
印　刷　大日本印刷
製　本　大日本印刷

Published by CHUOKORON-SHINSHA, INC.
Printed in Japan　ISBN978-4-12-207590-0 C1193

各書目の下段の数字はISBNコードです。978－4－12が省略してあります。

中公文庫既刊より

さ-86-1
うぽっぽ同心十手《じって》綴り 坂岡真
〝うぽっぽ〟とよばれる臨時廻り同心の長尾勘兵衛は、人知れぬところで今日も江戸の無理難題を小粋に裁く。情けが身に沁みる「十手綴り」シリーズ第一作！
207272-5

さ-86-2
うぽっぽ同心十手綴り 恋文ながし 坂岡真
野心はないが、矜持はある。悪を許さぬ臨時廻り同心、長尾勘兵衛の粋な裁きが胸を打つ——。傑作捕物帳「十手綴り」シリーズ第二作！
207283-1

さ-86-3
うぽっぽ同心十手綴り 女殺し坂 坂岡真
十手持ちには越えてはならぬ一線があり、覚悟を決めねばならぬ瞬間がある。正義を貫くため、長尾勘兵衛は巨悪に立ち向かう。「十手綴り」シリーズ第三作！
207297-8

さ-86-5
うぽっぽ同心十手綴り 凍《い》て雲《ぐも》 坂岡真
「正義を貫くってのは難しいことよのう」生きざまに筋を通すため、この一件、決着をつけねばならぬ——。大好評「十手綴り」シリーズ第四作！
207430-9

さ-86-6
うぽっぽ同心十手綴り 藪《やぶ》雨《さめ》 坂岡真
女だけで芝居を打つ一座に大惨事が……。たかが〝うぽっぽ〟と侮るなかれ、怒らせたら手が付けられぬ鬼と化す——。大波乱の「十手綴り」シリーズ第五作！
207439-2

さ-86-7
うぽっぽ同心十手綴り 病み蛍 坂岡真
わるいが、おぬしを見逃すことはできぬ——。この世は理不尽なことばかりだが、江戸には〝うぽっぽ〟がいる！「十手綴り」シリーズ第六作。
207455-2

さ-86-8
うぽっぽ同心十手綴り かじけ鳥 坂岡真
男手ひとつで育てあげた愛娘が手許から去ってしまう。寂しさが募る雪の日、うぽっぽのもとを訪れたのは……。「十手綴り」シリーズ、悲喜交々の最終巻。
207466-8